JN221092

世界を救った姫巫女（ひめみこ）は

登場人物
紹介
テレーズ・コルネリウス
美貌の女騎士。
理世のピンチを救い、
旅の護衛を申し出てくれる。
背が高く、誰かに
似ているのだけれど——？
在澤理世（ありさわりよ）
中学生の頃、突然異世界に
トリップしてしまった平凡女子。
浄化の力を持ち、護衛の守り人（もりびと）達と
7年に及ぶ旅をしていた。
世界を救った今、「姫巫女」と
呼ばれているのだが、
フラれたショックで一人旅に出る。

マリウス
理世がトリップした国の神官。
守り人の一人で、
外見は美しいが性格に難あり。
おかみ
港町で宿屋を営む老婆。
いつもしかめっ面を
している。
テオバルト・デツェン
理世がトリップした国の騎士。
守り人の一人で、
理世の想い人。
ルーカス
理世がトリップした
国の第三王子。守り人の一人で、
変わり者として有名。

目次

世界を救った姫巫女（ひめみこ）は

プロローグ　「あなたのそばにいさせて」

「かわいいし、いくらでも甘やかしてあげたいけど——女性としては、少しね」

そう言ったのは、長身の騎士。彼の言葉に、騎士の親友でもある第三王子が答える。

「確かに、あの見た目ではな」

「せめてもう少し身長が高ければ……。いくつ違うと思う？　四十センチも差があるんだよ。妹どころか……子猿にしか見えない」

その言葉を聞いた瞬間、世界を救った姫巫女は凍りついた。


七年前、この世界にトリップしてきた在澤理世。浄化の力を持ち、六人の守り人達とともに世界を救う旅に出て、ようやくその役目を終えた。

そして世界を救った姫巫女が褒美に望んだのは、愛しい騎士との結婚だった。

守り人の一人でもあるその騎士は、今ほど理世を「子猿」と形容した彼である。

王城の廊下の角で騎士と王子の会話を聞いていた彼女は、背に触れる壁の冷たさに、ぶるりと震えた。

旅を終えて、ようやくできた落ち着いた時間。

気分転換に城内を散歩していると、見慣れた二人の姿を見つけたのだ。そうだ、驚かせちゃえ、なんて小さな悪戯心（いたずらごころ）で忍び寄ると、話題の中心に自分がいることに気付いた。そして慌てて隠れたところ、聞こえてきたのが先ほどの会話だった。

騎士と第三王子は、いつも通りの穏やかな顔で、理世が一度も聞いたことのない本音を吐き出している。

「救世の褒美に望まれたのが結婚とは。希代（きたい）の色男め」

「よしてくれ。アリサは、近くにいた大人に寄りかかりたかっただけだよ」

アリサ――それは、この世界での理世の呼び名だった。理世は、びくりと肩を震わせる。

「大人だと？　おい。地位も名誉もある私だってそばにいただろう」

声を少し荒らげた第三王子に、騎士は呆れた声を出す。

「君は、性格に難がありすぎたんだな」

盗み聞きがよくないことなど、百も承知だ。

しかし、長年慕い続けた人が自分の話をしている――そう思うと、この場を離れることができなかった。結果として、知りたくなかった事実が明らかになってしまったわけだが。

「テレーズはどうするつもりだ」

「彼女にはご退場願うしかないだろう」

「美女なのに、残念だな。アリサの求婚を断るという手は？」

「……陛下の勅命をいただいている。首と胴は、まだ繋げていたいからね」

この時、理世は初めて知った。想いを寄せる彼に、恋人がいることを。

テレーズという名のその女性を、しかし理世は見たことがない。

呆然としていると、騎士の声が響いた。

「異世界からやってきたアリサは、ここでは一人ぼっちだ。彼女は本当によく頑張った。見知らぬ土地でただ一人、浄化の力を持つという理由だけで、世界中を旅して邪気を祓ったんだ。彼女の功績に、この世界の住人として報いなければ」

拒絶にしては優しく、求愛と考えるには苦い彼の言葉。

理世は、ぎゅっと拳を握り締める。

そして壁から背中を離し、彼らに気付かれないように、そっとその場を離れた。

「はぁーあ。初恋は実らない、かぁ」

ぐんと大きく伸びをする。視界に入った空が青くて、涙が滲みそうだった。

この圧倒的に大きな空が、自分をどこまでも見通しているようで――

幼い頃、悪さをするたび、母に「お天道様は見てるのよ」と叱られたことを思い出す。

これは、悪いことをした罰なのだ。盗み聞きなんてしなければ、本音など知らずに済んだ。そのままきっと、世界で一番幸せな花嫁になれたのに。

「旅にでも出るかぁ」

理世は笑った。空だけが、彼女の頬を伝う滴（しずく）を見ていた。

第一章　ありのままの私で

世界を救った姫巫女である少女——在澤理世は、中学二年生の時にこの世界へトリップしてきた。

その日はひどい悪天候で、豪雨により視界は悪く、地面を叩きつける雨音以外はほとんど何も聞き取ることができなかった。そして理世は下校の途中、横断歩道を渡ろうとして信号無視のトラックにはねられ、命を落としたのである。

幸いにして痛みを感じるよりも早く気が遠のいたため、死の恐怖を味わうことはなかったのだが——死んだはずの理世は、天国よりもずっと縁のない場所で目を覚ました。そう、彼女は異世界にトリップしたのだ。

彼女がトリップしてきた世界は、地表から湧き上がる邪気に長年悩まされていた。農作物は邪気を吸い込み成長を妨げられ、動物は狂暴化し、草花や樹木は枯れていくばかり。何をしても効果がなく、世界は緩やかに、しかし確実に崩壊へ向かっていたという。

そこにやってきたのが、突如空から現れた謎の侵入者——理世だった。高いしぶきをあげて王城の噴水に落ちた彼女は、濡れ鼠（ねずみ）ならぬ濡れ子猿。

ずぶ濡れの理世を、衛兵達は瞬時に拘束した。しかし、王城で起こった異変に気付いて、神殿から大急ぎで駆けつけた神官の言葉を聞き、彼らは震え上がることとなった。

この不審極まりない濡れ子猿が、周囲に立ち込めていた邪気を消したのだと言う。

衛兵達は一変して大騒ぎ。一方の理世は、ただ震えていた。鈍く光る鎧を身につけ、鋭い剣を手にする男達を見て、口もきけないほどに怯えていた。

なんとか理世をなだめた後、城の人々は彼女に対し、時間をかけて丁寧にこの世界について説明をした。その甲斐あって、理世が自分の身に起きたことを理解し、受け入れ始めた頃には、自分がこの世界でただ一人、浄化の力を持つ存在なのだと自覚した。

民に崇められ、遣いの者達にかしずかれ、〝浄化の姫巫女〟などという仰々しい二つ名まで持つことになるとは――。誰よりも戸惑ったのは理世本人だ。毎日、制服のプリーツを気にしながら登下校に勤しんでいた中学生にとって、想像すらできない展開である。

その後は、理世があれこれ思い悩む暇などないほど、とんとん拍子に話が進んだ。なんとか引き出せた条件――日本に帰る術を探してもらうことと引き換えに、理世は守り人と呼ばれる男性六人の仲間と共に、世界中を旅して回ることに。

ロバや馬車、時に船でめぐった距離は相当なものとなり、理世があまねく世界を浄化し終えた頃には、七年もの月日がたっていた。

日本人とはまったく違う顔立ちの人々にも、すっかり慣れた。そして、イケメンにも。理世の六人の守り人は皆飛び抜けて美しい。

この国の第三王子と、その側近の騎士が二人。さらに、将来有望な神官、博識な学者、旅の記録をまとめる吟遊詩人。彼らは理世に甘く、優しかった。唯一、苦しめられたことと言えば、日本にいた頃と同じく、勉学である。

相手の言うことを聞き取って理解し、自らもこの世界の言葉で話す能力は、なぜかはわからないが最初から備わっていた。会話をする時は、どうも自動翻訳のような機能が働いているらしい。しかし、文字を読んだり書いたりすることはできない。「読み書きのできない姫巫女など言語道断」と、天使の笑顔で神官に詰め寄られ、早々に文字を叩き込まれた。平凡な中学生らしく、やる気のない態度で授業に臨む理世に、神官は一切手加減しなかった。彼女が中学校で使っていた辞書より分厚い手帳まで渡し、ここの言葉で日記を書くように彼は命じた。

理世は悲鳴を上げながらも、毎日欠かさずそれを開き続けた。効果は著しく、日を追うごとに文字を綴ることが楽しくなっていく。黒い表紙の手帳は、中身も真っ黒になっていった。一年が過ぎる頃には、日記を書くことが理世にとっても欠かせない日課となっていた。内容は、他愛のない日常の出来事や、心に秘めた想いの数々。——理世は、守り人の一人である騎士、テオバルト・デツェンに恋心を抱いていた。

テオバルトは、誇り高く実直で、六人の中ではことさら理世に甘い人物だ。幼く恋に初心であった彼女が心を奪われるのに、そう長い時間はかからなかった。

彼の優しさも甘さも、自分にだけもたらされる特別なもの。

理世は、そう信じて疑わなかった。

けれど旅が終われば、日本に帰らなければならない。

理世はいつしか、テオバルトと離れたくないと思っている自分に気付いた。

浄化の旅から帰城して三日。ようやく人心地がつき、国王と面会する場を与えられた理世は、救世の褒美を変更したいと申し出た。

日本に帰る道ではなく、テオバルトのそばにいることを望んだのだ。彼の心にも、自分と同じ感情の炎が宿っていると信じたまま。共に謁見の場にいたテオバルトが、理世と目が合った時にほほ笑んでくれたのも覚えている。

しかし、彼は先ほど気安い言葉と笑顔で、理世の恋心を粉々に砕いた。それは理世に直接向けられた拒絶ではなかったけれど、彼女にとって、青天の霹靂だった。

テオバルトの優しい手が、慈しみに満ちた目が、彼と接した時間全てが、理世に愛情を感じさせた。

けれど、それは、彼の中で恋ではなかった。

——恋ではなかったのだ。

何しろ理世は、彼にとって子猿でしかなかったのだから。

身長一九〇センチの彼にとって、一五〇センチにも届かずマッチ棒のように細い理世は、幼い少女という認識でしかなかったのだろう。七年にも及ぶ浄化の旅を終え、理世が二十一歳、テオバルトが二十六歳となっても、何も変わらなかったのだ。

恋愛対象になれず、さらに彼には恋人までいた。泣いて日本に帰りたいところだが、帰り方も、帰れるのかさえもわからない。

加えて、褒美の変更を取り消してくれとは言い出せない空気が理世を取り巻いていた。世界を救った姫巫女の願いを早急に実現すべく、城中が手配に大忙し。しかも、本来は王族のみに許された王城内での結婚式も、特別に執(と)り行う許可が下りている。理世の手に負える段階など、とっくに超えていたのだ。

理世は焦り、戸惑い——そして、衝動に任せた。

城の者にも、守り人(もりびと)にも何も告げずに、置き手紙一枚だけを残して王城を抜け出した。

＊　＊　＊

「うわあ……人が近い」

隣を通り過ぎる男性に首を傾(かし)げられ、理世は慌てて口を閉じる。

赤い煉瓦(れんが)の建物が並ぶ街並みは鮮やかで、心が弾(はず)んだ。どこからでも見える大きな白亜の城を振り返り、にっこりと笑う。

理世は今、その白亜の城を抜け出して、にぎやかな城下町を当てもなく歩いていた。

王城の噴水にトリップして以来、ずっと厳重に守られてきた理世にとって、街を一人で歩くのは初めての経験である。

また理世のそばにはいつも守り人がくっついていた。警備上仕方がなかったとはいえ、どの街に行っても住人との距離は遠かった。

旅の初めこそ、浄化の姫巫女を周知させるため顔をさらしていたのだが、その存在を神秘的で高貴なものにするため、いつしかヴェールをつけるようになっていった。

人々と直接会話をすることもめったにない。いつも分厚いヴェール越しに、街や人を見ているだけ。空はいつもくすんでいて、手を伸ばして触れられるのは守り人の手だけだった。

だが今は、こんなにも自由で、何にだって触れるし、どこにでも走っていける。

「よーい、どん！」

理世は勢いをつけて走り出した。両手を前後に大きく振って、大股で駆けていく。心臓が激しく脈打っている。内臓が揺れて苦しくて、肺も痛い。汗をかいた足はジンジンと痛む。それでも走るのを止めなかった。

「はぁっ……はぁ、はぁっ……気持ちいいっ！」

汗を拭って理世は笑う。

気持ちよかった。

自分の足で駆け出したこの瞬間。誰かに乗せてもらう馬よりも、豪華絢爛な馬車よりも、日本にいた頃は当たり前だったこの感覚が、ずっとずっと尊く感じた。

そして、理世が一番嬉しかったことは――

「なんだお嬢ちゃん、きれいなおべべ着てそんなに走って。急いでんのかい？」

「うんっ、ちょっと、向こうまでっ……！」

「人にぶつからんように気をつけろよ」

声をかけてきた恰幅のいいおじさんが、じゃあな、と笑う。大工仕事の途中だったのだろう。彼は理世に手を振ると、道具を抱えたまま足早に去っていく。その大きな後ろ姿を、呼吸を整えながら見送った。

理世が一番嬉しかったこと。それは、人々の笑顔だった。

井戸端会議をしているおばちゃん達、お母さんに手を引かれて歩いている女の子、親方の後をついていく新米大工のお兄ちゃん。

右を見ても左を見ても、皆、笑顔だったのだ。

七年前、理世はこの街から世界中へ旅立ったのだが、その時に見た人々の暗い顔は、今もよく覚えている。

生気のない目をしていた彼らは、生きる希望を失っているようだった。

当時はまだこの世界に慣れておらず、人々の表情が恐ろしくてたまらなかった。守り人の背に隠れ、私には関係ないと目を背けていたかった。

けれど理世は――守り人の背に隠れることなく、顔を上げて、笑った。

皆の望む〝浄化の姫巫女〟ならそうするだろうと思ったからだ。

本当は、あの時足が震えていたのに。今にも泣き出してしまいそうだったのに。

人の目が怖かった。こんな小娘に何ができるのだと、誰もが訴えていたのである。

邪気は目に見えるものではなく、力のある神官にしか、その有無を判断することはできなかった。

だからこそ、誰も信じなかったのだ。理世がこの地を旅立った後、緑が豊かになり本当に邪気が消えうせたのだとわかるまで、王都の人々は理世の味方ではなかった。

でも今は、心を閉ざしている人はどこにもいない。皆の目は希望で溢れ、前を向き、必死に汗を流して生きている。

「畑の様子見てこようと思って」

「おっちゃん！　これ、いくらで買い取ってくれる？　今釣ってきたばっかだぜ！」

「立てつけが悪かったのかしら……来てくれてありがとうね。助かるわ」

街は活気に溢れていた。はにかむ妊婦、やんちゃな男の子、腰の曲がった老婆。誰もが笑顔だった。姫巫女がもたらした平和の上で、人々が笑みを浮かべている。

それがなによりも嬉しくて、理世は街をウキウキと歩き回った。まず、目についた洋服店で、雑踏に紛れるための服を手に入れなければ。城から支給された服は、「きれいなおべべ」とからかわれるくらい浮いていた。これでは、すぐに見つかって連れ戻されてしまうだろう。

勢いに任せて飛び出してきたのはいいが、実の所これからどうしたいのか、理世自身もよくわかっていなかった。

ずっと逃げ続けるのは無理だろうし、そうしたいとも思わない。王城ではなく、他の守り人がいる神殿に匿ってもらうのもいいかもしれない。いやいや、やっぱり無理だろうと理世は足を止めた。

この世界は王家と神殿、二つの勢力で成り立っているという。双方の間には確執があるようで、浄化の旅に出てすぐの頃、守り人達にまとまりがないのもそのせいだった。城から派遣された三人と、神殿から派遣された三人。表面は取り繕えても、内面までは難しい。最初の半年ほどは冷戦の絶えない日々だった。しかし、共に旅をし、庇護すべき存在である理世を通して、彼らは次第に結束を高めていった。

だが、守り人同士はそうでも、王家と神殿の確執は未だに解消されていない。神殿に身を寄せたとして、万が一そのことが王家に知られてしまったら――当然、王家の人間が理世を連れ戻そうとやってくるだろうし、神殿側と衝突して争いに発展する恐れだってある。やはり、どちらも頼るわけにはいかない。

だから、もう少しだけ――気持ちが落ち着いて、テオバルトの顔を見てもまた笑えるようになるまで。それまででいいから、今は何も考えずに、逃げていたい。

通りかかった洋服店で、吊り下げられている服を見て回る。自分で服を選ぶのは、日本にいた時以来だ。こちらの世界の人間は背が高いので、理世には子供用の服しかサイズが合わない。

どれがいいかな、と目移りしながら品定めしていく。これまでは〝浄化の姫巫女〟に相応しい服を誂えてもらうだけだった。既製品なんて久しぶりで、どこか懐かしい。

店主に断り、店の隅のスペースを借りて試着を済ませる。顔を出した理世に、店主が笑いかけた。

「お嬢ちゃん、一人でお出かけかい？」

「そう。いざ行かん、冒険の旅よ！」

いつも守り人が選ぶ格式ばった服を着ていた理世にとって、素朴な風合いのブラウスも、動きやすいズボンも、革のブーツも、まるで全てが別世界の衣装に思えてくる。この格好で、一人で旅に出かけるんだ。そう考えるだけで、胸はドキドキと高鳴る。

自分が、恵まれていることは十分わかっていた。

突然やってきた異世界。最初のうちは怯え、戸惑い、呆然とした。しかし理世の周りに、敵はいなかった。突如現れた怪しい人物を、誰もが丁重に扱ってくれた。たとえそこに利用価値を見出したからだとしても、大切にしてもらった事実は変わらない。

「姫巫女様が世界を浄化なさって治安もだいぶ良くなったが、ここいらはトラブルも多い。あんまり遅くならんうちにおっかさんとこ帰んなよ」

「はぁい」

まさかその「姫巫女様」が目の前にいるとは露ほども考えない店主に、理世はにっこりとほほ笑んで代金を渡す。そのコインを見て、店主がギョッと目を見張った。

「金貨⁉　うちじゃ釣りが用意できんよ。もちっと細かいのはないかね？」

「えっ」

理世は焦った。与えられた城の客室から大慌てで持ってきた財布の中には、同じ色のコインしか入っていなかったからだ。

「じゃ、じゃあこれじゃダメ？」

「こ、こんな大粒の宝石……。お嬢ちゃん、悪いことは言わん。身ぐるみ剥がされんうちに冒険は止めて、家に帰んな」

理世をどこかいいところのお嬢様だと思っている店主が、渋い顔で首を横に振った。理世は手に金貨と宝石を持ったまま、唖然とする。

理世は浄化の旅を無事こなした報酬として、現金、宝石、そして土地という、三種類の恩賞を受け取っていた。当初は現金と宝石のみで与えられる予定だったが、理世がテオバルトとの結婚を望んでこの地に留まることとなり、それならば土地も、と旅慣れた吟遊詩人が国王に進言してくれたのだ。

右も左もわからない理世のために、守り人達は全てを手配してくれた。多額の現金と宝石は信頼できる場所に預け、土地は指一本動かさなくても、自ずと金が生まれる仕組みに。理世は手元に残った金を受け取るだけでよかった。

浄化の旅では、守り人達が何もかも面倒を見てくれた。そのため理世は買い物一つ満足にできない。

「じゃ、じゃあこれ、砕くから！」

「あーっ、待った、わかった。かき集めてくるから、お嬢ちゃんはそこに座って待ってな。おい、母ちゃん！　水でも出してやってくれ！」

気のいい店主は店の奥に向かってそう叫ぶと、エプロンを脱いで外へ出た。近所の商売仲間に頭を下げている姿を見て、理世はついさっきまで浮かれていた心が深く沈んでいくのを感じた。

「どうしたってんだい、あんなに慌てて……はい、お嬢ちゃん。水だよ」

「おばちゃん、ありがとう」

店主に呼ばれた夫人が、コップをお盆に載せてやってきた。理世はコップを受け取り口をつける。私のせいでご主人が頭を下げているんです、と告げることができずに俯く。

この金貨一枚に、どれほどの価値があるのか。七年もこの世界にいたというのに、想像すらつかない。

姫巫女として世界を浄化し、人の役に立てたと思った。けれどこの世界を、この世界の人々を何も見ていなかったのだ。

落ち込む理世のもとに、店主が戻ってきた。汗をかきながら、申し訳なさそうに頭をかいている。

「どうしたんだい、あんた」

「それがなぁ」

釣り銭が不足している経緯を告げられると、夫人は理世と店主を順に見て、大げさに溜(た)め息をついた。

呆れられた。叱責(しっせき)されるかもしれない。肩を震わせ身構えた理世に、夫人が声をかける。

「お嬢ちゃん、あんた前に着てた服はいるのかい？」

「え？　服……？」

これ？　と理世はたたんでいたものを手に取った。その仕立ての良さは素人(しろうと)が見ても一目でわかる。

「またいいもん着てるねぇ。上着一枚でも釣りを出さなきゃいけないくらいだ。それ、いらないんならおあしにするけど、どうだい？」

理世はその提案に飛びついた。迷惑をかけたお詫(わ)びに、と着ていた衣装一式を押しつける。

「さすがに全部はもらえないよ。手袋一つで十分だ」

「いいんです、落ち着いたらまたお礼に伺(うかが)いますから……おじちゃん、おばちゃん、本当にごめんなさい」

へこむ理世に、店主と夫人は明るく笑った。

「気にしないでいいから、また何かあったら来なさい」

訳ありげなお嬢様に優しい言葉までかけて見送ってくれる二人に、理世は手を振って別れを告げた。自分が無知なせいで、人に迷惑をかけてしまう。その事実が、恐ろしくてたまらなかった。

二時間後——理世はキュルルと鳴る腹に手を当て、看板を見上げていた。

フォークとコップの絵が、ここは食事処だと主張している。もう少し厳密に言えば酒場である。

旅の途中、何度も守り人と大衆食堂へ足を運んだ。何も躊躇する理由はない——はずだった。

しかし、服屋での出来事がずっと頭の中で繰り返されている。

店に入る勇気を、理世は失っていた。また先ほどのように、何か問題を起こしてしまったら。そう思うと、足がすくむ。

十四歳から七年間。常に人に導かれてこの世界を歩いてきた。今なら一人で歩けると思っていたけれど、自分だけで生きていくのは難しいと、強く感じる。

あたりは薄暗く、夜が近付いていた。朝から何も食べていないため、理世の腹は切実に食料を求めている。店から漂う香ばしい匂いにそろそろ限界だ。

店先に立ってどれぐらいたっただろうか。空腹のまま旅に出るか、腹ごしらえを済ませてからにするべきか。いい加減に決めなければ、と焦る理世に、ふと影が落ちる。

驚いて顔を上げると、厳ついおっさんが二人、理世を覗き込んでいた。

「おうおう嬢ちゃん、こんな場所に一人とは、ちょっと不用心じゃねえか。身ぐるみ剥がれても文句は言えねえぞ」

「おっちゃんが送ってやろうか。うちはどこだ」

理世は瞬時に固まった。

「それとも、そんなちっこいうちから男の味でも覚えに来たか、あぁ？　おっと、お前ら、何見てやがる⁉」

場違いな理世に興味津々だったのだろう。いつの間にか大勢の男性客達が、店の窓に顔を押しつけ、競うようにこちらを見ていた。そんな彼らをおっさん二人は睨みつける。

二人は筋骨隆々の、山賊のような出で立ちだった。片方の男は顔中に無精髭を蓄え、伸び放題の髪を後ろへ撫でつけている。もう一人は、スキンヘッドに眼帯。

ついていったら、殺される。もしくは、売られる。

理世は冷や汗をかいた。そういえば、気のいい服屋の店主が、遅くならないうちに帰れと心配してくれていた。あれはこういうことだったのか。

「おい、嬢ちゃん！　大丈夫か⁉」

顔面蒼白になり黙ったままの理世を見て、スキンヘッドの男がぐんと顔を近付けて大きな声を出す。こんなに至近距離で男と会話をしたことなど一度もない。理世はそれほど、初心だった。

青ざめた顔に鳥肌まで加わり、逃げ出すこともできない理世の腕を、誰かが強く引いた。

「こんなところにいたのね。心配して、探し回ったじゃない。一人で動いちゃ駄目って、姉さん言ったでしょ」

え、誰？　理世は目を見開いて振り返った。

そこには、酒場の窓から漏れる薄暗いライトの下でさえ、ステージに立つトップスターのように

光り輝く美女がいた。自分に向けられた眼差しの強さに驚きながらも、理世は彼女から目を離せなかった。

「ほら、しゃんと立って。——あら、このお二人は？」

美女が、おっさん二人に目をやった。彼らは、突然現れた美女を前に戸惑っているようだ。

「……あ、ああ。あんたが姉ちゃんだって？　本当かい？」

おっさん達は、厳つい顔に不釣り合いな優しい声で尋ねる。理解が追いついていない理世は、何がなんだかわからないままその光景を見ていた。

「ええ。この通り年が離れてるから、両親が甘やかして育てちゃって……」

「ああ……そうか、ならいい。あんまり夜遅くまで、こんなチビを歩かせるなよ。女と見たら誰でもいいって男はわんさかいるんだからな」

途端に、「はい！　はい！」と、酒場の客達が手を挙げた。が、おっさんがひと睨みして黙らせる。

「あらいやだ。こんな初心な子にそんな台詞、聞かせないでよ。けど、ありがと。ほら、帰るわよ。お礼言って」

「あ、ありがとう、ございました……」

美女に促されるままお礼を言う理世を見て、おっさん達は大きく笑う。もしかしたら、彼らは悪い人ではないのかもしれない。しかし理世には彼らの笑顔が凶悪に見えてしまい、すくみ上がった。

「さあ、行くわよ」

有無を言わさず、美女は理世を連れ出した。腕を引っ張られて、ただふらふらとついていく。

しばらく歩いて、街の喧騒からは随分と離れた場所で美女が足を止めた。

灯りも乏しく、闇は深さを増している。美女は振り向きざまに、大きな大きな溜め息を落とした。

「——あなたは、なぜあんな場所に……野蛮な男達にまで絡まれて……私があの場にいなかったら、どうするおつもりだったのです？」

女性にしては低く、男性にしては高い声。とても心地がいい。ここにいるはずがない、大好きなあの人の声に、よく似ている。

月明かりにぼんやりと照らされた彼女が、理世には光り輝いているように見えた。

先ほどは動転していたため気付かなかったが、女性にしてはかなり背が高い。体つきもしっかりしていて、戦いをなりわいにする者の姿に見えた。冒険者か、騎士だろうか。

理世は彼女を見上げて聞いた。

「あの、すみません、どこかでお会いしたことが……？」

美女は息を呑んだ。訪れた沈黙に、理世は肩をすぼめる。

「誰かもわからないのに、ここまでのうのうとついてきた、と……？」

美女が頭を抱え、何やら獣のように唸っている。理世はどうすればいいのかわからず、その場にぽつんと立ち尽くしていた。

ややあって、美女は安堵（あんど）したとも取れる吐息をこぼした。

「いえ、あなたのように年若い女性が一人であんな場所にいるのを見かけたものだから――心配でつい、連れ出してきてしまったの」

怖い思いをさせたのなら、ごめんなさい――そう言ってたおやかにほほ笑まれ、理世は首を大きく横に振った。

「私のほうこそすみません。心配してくださって、ありがとうございます。お世話になりました。えっと、酒場にいたのは……実は私、これから旅に出るんです。それで先に、腹ごしらえをしておこうと思って――」

「……旅？」

理世の言葉を遮（さえぎ）った彼女の声は、先ほどよりもずっと低い。

しかし次の瞬間には、元に戻っていた。

「なぜこのような時期に？」

「えっと、まだ暖かいですし、寒くなる前に……」

美女はしばし逡巡（しゅんじゅん）する様子を見せたが、やがて真剣な顔で理世を見据（みす）えた。睨（にら）んだと言えるほど、強い目力（めぢから）だった。驚いた理世が一歩引く前に、目の前で片膝をつく。

美女の表情は真剣そのもの。ひどく切羽（せっぱ）詰まった様子にも感じられる。自分を覗き込む顔を見て、理世の胸が高鳴った。

あれ？　なんだか――

「一人旅は危険がつき物。私は王国で騎士をしていたのだけれど……折よく今日から暇をいただけたの。もしよければ、女二人、気ままな旅はいかが？」

「……え？　あ、でも」

「先ほどのような時、一人で切り抜けられるの？」

「それは……。でも、どこに行くかもまだ決めてない、当てのない旅ですから……。申し訳なくて……」

「当てのない旅……。特に、目的もないと……？」

「はい」

美女は打ちひしがれ、何かを呟く。そして一度きつく目をつぶったかと思うと、小さく頭を振って再び理世の顔を覗き込んだ。

「――私は、婚約者と仲違いをしてしまって。頭を冷やす時間が必要だと思って暇を願い出たの。腕は立てども、一人では心が荒む。どうかそばで、私を明るく照らしてはくれませんか」

その言葉に吸い寄せられるように、理世はこくんとうなずいていた。

「よかった、ありがとう……。私はテレーズ・コルネリウス」

どこかで聞いた名だな、と理世は思った。

「あなたは？」

「あ、はい。私は在澤理世といいます」

「アリサワ……。アリサって呼んでもいいかしら？」

この世界の人はやっぱりそう呼ぶんだ。七年間で愛着の増したあだ名。理世は笑顔でうなずいた。

「さて、と。当てのない旅と言ってたけど……次の行き先の候補はあるの？」

美女の言葉に、理世が首を横に振る。

「いいえ、まだ何も……」

「そう。ゆっくり決めればいいわ。夕食は？」

「それも、まだ……」

「じゃあ、まずは明日の予定を決めるところからね。何か買って宿に行きましょうか」

「えっと、実は宿もまだ……」

申し訳なさの余り、理世はうなだれる一方だった。

「旅に出る」などと息巻いておきながら、一人では何もできない自分がひどく恥ずかしい。

しかし、テレーズは理世の不甲斐(ふがい)なさを気にするどころか、落ち込む理世に助け船を出した。

「大丈夫よ。けど、もう日が暮れて結構たつから、急いだほうがいいわね。まだ空(あ)いてそうな宿に心当たりがあるわ。そこでもいい？」

理世はうなずいて彼女の後を追う。テレーズは長い足には不似合いなほどゆっくりと歩いた。この世界の住人は男女ともに背が高く、足が長い。守り人(もりびと)達も理世に歩調を合わせるよう気遣ってくれていたが、早足で追いかけることも多くあった。

テレーズの優しさに感謝しながら後をついていく。

途中、屋台で肉や野菜が包まれた肉まんのような軽食も買った。渡されたそれを、宿に向かいがてら頰張った。はふはふとおいしそうに味わう理世を見下ろしたテレーズが、一瞬目を見張る。

先に食べちゃ駄目だったかな？　と不安がる理世に気付いたテレーズは、苦笑して同じようにパクリと肉まんもどきにかぶりついた。少し行儀悪くも、二人揃って食べながら歩き続けているうち、目指していた宿屋に着いた。理世は促されて中に入る。

「いらっしゃいませー」

「まだ空いてる？」

「ちょっと割高になるんですけど……一部屋なら空いてますよー」

カウンターにいた受付の女性がにこりと答える。

振り返ったテレーズに「同じ部屋でも？」と聞かれ、理世は「もちろん」と返事をした。

「じゃあそれで」

「毎度ありー」

差し出された帳簿の記入欄も、テレーズがすらすらと埋めていく。

理世は、テレーズがいてくれてよかったと、心から感じていた。

テレーズに旅の同行を求められた時、正直に言えば断りたかった。

思いっきり泣きたいがために城を飛び出したのだ。そんな失恋旅行に、気を遣わなければならない初対面の同行者など、欲しいわけがない。

しかし、服屋で自分の無知を知り、酒場にすら入ることができなかった理世にとって、旅慣れたテレーズはとても心強い存在となった。あのまま一人でいたら、空腹のまま野宿を強いられていたことだろう。

日本にいた時、理世はまだ子供だった。一人で買い物をしたり電車に乗ることはあっても、自ら宿の手配をしたり、食事処を見つけることはまずなかった。それはこの世界でも変わらず、それこそ守り人におんぶにだっこ状態。

城を出るまで、一人で旅ができると思っていた。世界を救った自分なら、なんでも簡単にこなせると――

再び落ち込む理世に、テレーズが声をかけた。

「どうかしたの?」

「大丈夫。なんでもないよ」

にこりと笑って理世が首を振る。

「そう? 何でも言ってね、これからは旅の仲間なんだから」

「ありがとう。テレーズがいてくれて心強いなあって、すごく思ってる」

テレーズはよくわからないという風に、笑って首を傾げた。

「はーい、ご記入ありがとうございます。こちらで結構でーす。お部屋はこの階段を上って、右側の一番奥にありまーす」

理世とテレーズは受付嬢に見送られながら部屋へ向かう。二人とも、荷物と呼べる物はほとんどない。理世は詮索されるのが嫌だったため、テレーズにも詳しい事情を聞けずにいた。

部屋には、簡素なベッドとテーブル、そして椅子が一脚備えつけられている。理世はそのベッドを見て唸った。

「二人で寝るには……狭いかな？」

「寝ないわよ、一緒には」

テレーズは笑って腰に手をやり、剣を下ろした。

「え、じゃあどうする？」

「私は床で寝るわ」

理世はぎょっと目を剥いた。床に寝るって――守り人かよと突っ込みたいのを必死に我慢する。

「いやいやいや、何言ってるの！　駄目でしょ、テレーズは女の子なのに！」

驚きの余り、理世は思わず素っ頓狂な声を上げる。声高に叫ぶ理世に、テレーズは笑った。

「女の子って……そんな年じゃないわよ」

くすくすと笑みをこぼすテレーズは美しいけれど、今は見惚れている場合ではない。

「テレーズが床で寝るくらいなら、私が椅子で寝るよ！　ほら、小さいし！」

「それこそ何言ってるの。大丈夫よ、私は——騎士だからこういうのにも慣れてるわ」

一方の理世は、こうした扱いをされることに慣れていた。

腐っても、姫巫女。子猿でも、姫巫女。

七年もの間、理世は姫巫女として六人の守り人（もりびと）達によって大事に守られてきた。

いつも、どんな場所でも人の手と目が離れることはなく、常に誰かがそばにいる生活。眠る時はもちろん、守り人（もりびと）一人が同室で夜番を務めていた。

けれどそれは、彼らが全員男性だったからである。こんな初対面の美女にまで、床にひれ伏してもらうわけにはいかない。

「いや、それは駄目。美女は世界が平等に、大事に扱うべきだよ」

「アリサ……？」

「ん？　何？」

「……いえ」

頑（かたく）なな理世の言動に、テレーズは驚いたらしい。

そういえば、こんな風に素（す）の自分を出すのは久しぶりかもしれない。皆が求める〝浄化の姫巫女〟でいた自分は、常に相手がどういう言葉を求めているのか見極めて、理想的な姫巫女を演じ続けていた。皆が求める「アリサ」なら、きっとこんな言葉は吐かない。それを、初対面のテレーズの前で口にするなんて——理世は自分に驚いていた。

いや、初対面だからこそ曝け出せたのだ。

今までの自分は、王城に置いてきた。ここにいるのは〝浄化の姫巫女〟じゃない。

ありのままの在澤理世だ。

「私、ただの小娘だよ。テレーズを床で寝かせるような身分の人間じゃない」

「――たとえそうだとしても、騎士という職業柄、女性を椅子で寝かせるなんてできないわ」

あーもう！　騎士、騎士、騎士！

護衛として賃金を支払い雇っているわけでもないのに、騎士という生き物は、万物を等しく甘やかす性質らしい。

そんな風に優しくするから、そんな風に特別扱いするから、勘違いしちゃうんじゃないか。

理世の脳裏に、騎士テオバルトの姿が浮かぶ。

理世はテレーズが言わんとする騎士道精神が、大嫌いだった。

「じゃあ私は今から妖怪『ベッドジャネナイノジャー』になるので、ベッドでは寝ません」

「……妖怪は今この場で退治したので、アリサはベッドで寝ましょう」

適応力の高い騎士は怯まない。

「床は駄目！」

「いいえ、最善よ」

決してうんと言わないテレーズに、理世は頭を抱える。

守り人達は、基本的に理世の嫌がることはしなかった。けれどそれは、護衛のためにはどうしても譲れない彼らの境界線を、〝アリサ〟が踏み越えなかったからだろう。

「どうしても？」

「どうしても」

「なんで？」

「私が……騎士だからよ」

決して引かないテレーズに、理世が折れた。

「よし、わかった。テレーズ、私の護衛をしてくれない？　もちろんちゃんと賃金はお支払いする。相場とかはちょっとわかんないけど……教えてくれればそれに倣うよ」

突然持ちかけられた護衛契約は、テレーズを驚かせた。

「それはもちろんいいけれど……。契約なんてしなくても、最初からそのつもりだったわ。だって私は騎士で、あなたは——非力な女の子なんだもの」

「うん。その通り。けど何かができるからって、当然のようにやってもらうのはちょっと違うよね。それをお願いするなら、きちんと相応の対価を支払うべきだ」

浄化の力はある。しかし邪気が存在しなくなった今、その能力はなんの意味も持たない。理世は邪気のない世の中では、ただの非力な小娘でしかないのだ。

「そういうのは必要ないと思ってたけれど……アリサがそう言うなら」

アリサの強い断定口調に戸惑ったのか、テレーズは引き下がったように言った。

「オッケー。じゃあ、契約の金額は追々決めるとして――テレーズ！　私、契約主だから！　床で寝るのは禁止です！」

「大変申し訳ありませんが、その命令には従えません」

にこっとほほ笑んだテレーズに、理世は「えっ!?」と叫んだ。

「そういうことだったのね。なんでそんなに必死なのかと思ったら」

「テ、テレーズさん!?」

主導権を握れると思っていた理世は、にべもないテレーズの対応に狼狽（ろうばい）する。

「私はあなたを守ると、そう決めて旅の同行を願い出たの」

「守るためなら床で寝なくてもいいと思うんですけど……」

「私、寝相（ねぞう）が悪くて、椅子で寝ると落ちちゃうから」

意外な告白を聞き、「えっ、そうなの？」と理世はぽかんと口を開く。

「ええ。さあ、この話はもうおしまい。それよりもアリサ。体を拭（ふ）くための湯をもらってくるから、決してこの部屋から出ないように」

「はーい」

「誰が来ても、何があっても、絶対にドアを開けたら駄目よ」

守り人（もりびと）から聞かされたお小言と似ているな。理世はベッドに転がりながら、手を上げて「はーい」と返事をした。テレーズはそんな姿を見て溜め息をこぼすと、部屋のドアを閉じた。

ガチャン。鍵を回す音がして、理世が振り返る。

「か、鍵までかけるか……」

心配性だなあと呟き、理世はベッドに突っ伏した。

なかなか立派な騎士っぷりだ。初対面の相手を簡単に信用するなんて、守り人達にはしこたま怒られるかもしれないが、理世は彼女の人間性と職務に対する実直さに好感を持っていた。

なぜなら、守り人達を思い出させるからだ。

彼らは皆、優しかった。それは、理世が目に見える成果をもって、世界に救いをもたらしていたからだろう。

とはいえ、理世の意志を優先した上で彼女を律し、正しいほうへと導き続けてくれたのは事実である。理世はそのことに――見知らぬ世界で自ら舵を取らなくていいことに、途方もなく安心していたのだ。

しばらくして、テレーズは湯を張ったタライを手に戻ってきた。テレーズが後ろを向いている間に、理世は濡らしたタオルで体を拭き上げる。

「先にいただいちゃってごめん。テレーズもどうぞ」

「私はお湯を頼んだ時、ついでに済ませてきたから」

早技だなと理世が驚く姿も気にせず、テレーズはタライの湯を窓から捨てた。

「さて、明日からの予定を立てましょうか」

「はーい」

理世はベッドに、テレーズは椅子にそれぞれ座り、テーブルに地図を広げる。

「当てのない旅と言ってたけれど……何かしたいことや、行きたい所はあるんでしょう？」

まるですがるような目でテレーズに尋ねられ、理世は目を逸らした。

「えっとぉ……本当に、なんにもなくてぇ……」

「……そうね、そういうことも、あるわよね」

「そうなのそうなの……。したいことや行きたいとこ、かぁ」

困ったという思いから首をひねった。テオバルトに恋人がいるとわかり、子猿と言われたショックから衝動で飛び出してきたはいいものの——行きたい所もやりたいことも、本当にない。

こんなに主体性のない人間だったのかと自分で悲しくなる。日本にいた時、高校受験を翌年に控え、将来の夢を考えるよう担任の先生に言われた時と同じくらい、何も思い浮かばない。

「……テレーズは？　やりたいことあるでしょ？」

「私は……少し考える時間がほしかっただけだから。理世に任せるわ」

契約者についていくのが、護衛の仕事だし。そう言ってにこりとほほ笑まれ、結局、行き先は理世が決めることとなる。

「うーん、じゃあ、そうだなあ」

何をしたいのか、ではなく、何をされたくないのかを考えてみる。まだ、城に連れ戻されたくない。神殿も同様だ。万が一知り合いに見つかれば、連れ戻されるかもしれない。それだけは避けたかった。

「どこか景色のいい場所に行きたい！」

本当は、景色のいい場所なんて、七年間の旅で十分に見て回った。世界の観光名所も、訪れていない場所のほうが少ないだろう。けれどこんな適当な理由しか、テレーズを連れ回す方法が思い浮かばない。

「そうね……じゃあゼニスはどう？　港町から見る夕日、素敵でしょう？」

「ゼニス？　行きたい！　あれだよね、いっぱい市場とか広がってて、物がたくさん売ってる場所」

「ええ、そうよ」

「あそこ、前に一度行ったことがあるんだけど、時間がなくて回れなかったからさあ。もう一回行きたいなあって思ってたんだ」

両手を広げて「やったー！」と喜ぶ理世を、テレーズは目を細めて見つめていた。

「んじゃあ、行き先も決まったし寝よっか」

日の出と共に起き、日付が変わる頃には寝る生活にすっかり馴染んだ理世。そろそろ彼女はおねむの時間である。あくびを噛み殺してそう言うと、テレーズは大きくうなずき、床に座る。

「あっ！　床で寝るのは駄目だって！」

しかし、何を話しかけても、つついても、揺らしても、おねだりしても――剣を抱えてベッドのそばに座り込んだテレーズが、理世の要望に応えることはなかった。


朝日を浴びて目が覚めた。理世はベッドの上に体を起こすと、うんと伸びをしてから目をこする。

硬いベッドで眠ったのは久しぶりだ。姫巫女として旅している間は、ここよりも高級な、ふかふかのベッドがある宿に泊まることがほとんどだった。部屋は明るく、燦々と太陽の光が降り注いでいた。室内は簡素ではあるが清潔感があり、好感が持てる。部屋の様子を窺おうと首を回して、理世はヒッと息を呑んだ。

人の後頭部が、床から生えている。

すぐに昨日の出来事を思い出し、そうだったと息を吐いた。

こういう光景を見るのは初めてではない。浄化の旅をしている最中、守り人は椅子やソファを寝台代わりにしていたし、それがなければ、ベッドの脇に座って眠っていた。ただし、彼らの中でただ一人――テオバルトだけは、どんな部屋であっても、最初から必ず床で眠ることを選んだ――理世はその記憶を意図的に頭から排除する。

朝日に照らされてさらに美しく輝くテレーズは、片膝を立てて眠っている。同じくベッドの上でしゃがみ込んだ理世は、膝頭に肘を置き、静かな寝息を立てる女騎士を見つめた。

こんなにきれいな女性が床の上で寝るなんて。プリティチャーミングな乙女を「子猿」とのたまうどこかの誰かさんならともかく……と、理世は彼女の体を心配する。

「起きたの？」

ぼんやりしていた理世はドキリと震えた。起き抜けのテレーズの声は、昨日よりもずっと低かった。それは、理世にとって今一番、聞きたくて、それでいて聞きたくない相手の声に似ていた。

「こんな見苦しい格好で……ごめんなさいね。支度をしましょうか」

ほほ笑む彼女の声は、昨晩と同じ高さに戻っている。

——彼女の口調では、間違えようもないはずなのに。

どれほど、求めているのか。どれほど、未練たらしいのか。理世は自嘲した。


各自身支度を整えると、少ない荷物を持って階下に向かう。

「おはようございまーす。ご朝食はいかがですか？」

別途料金がかかりますけど、と受付嬢に話しかけられた。

理世は違和感のないように、彼女の視線から逃れるためテレーズの背後に隠れる。直後、ハッと気付く。これは受け答えを最小限に抑えるための、〝アリサ〟の癖だ。自分で返事をしようとテレーズの背から一歩踏み出そうとして——足が動かなかった。

「食べていこうかしら……アリサ、何か好きな食べ物はある？」

「あ、えっと。カブのスープが好き」

テレーズに聞かれ、理世は慌てて答えた。

「カブですかー。時期的にちょっと厳しいですね。スープだと、今日はナスがありますよ。そっちもおいしいんで食べてってくださいよー」

七年もこの世界にいながら、未だに野菜の旬すら一つも知らない。恥ずかしくて、理世は黙ってうなずくことしかできなかった。

食堂は受付カウンターを過ぎた所にあった。すでに他の宿泊客も数人来ており、思い思いに料理を口にしている。がやがやとした話し声や朝の光が、食堂を明るく彩っていた。

席に着くと、食堂の奥から宿屋の主人がお盆を二つ持ってやってきた。受付嬢の父親だろう、顔がそっくりだ。テレーズが袋から取り出した銅貨を差し出すと、主人はそれを受け取り、二人の前にお盆を置いて立ち去った。

「温かいうちに食べましょう。いただきます」

「いただきます」

スープを口に含むと、野菜の甘みが広がっていく。

「ねえ、テレーズ」

「どうしたの」

理世はどう伝えていいのか迷い、もう一口スープを飲みくだした。

「お金のことなんだけど」

「ええ」

護衛の契約金については、朝のうちに渡してある。理世の持っている金貨で対応できたのでほっとしていたのだが、これから先、難しい局面も出てくるだろう。

「もし可能なら、テレーズにお金の管理を任せたいんだけど……」

「アリサがそれでいいなら、私はかまわないわ」

「ありがとう、じゃあ後で渡すね」

理世は胸を撫で下ろした。よかった、これで自分で支払いをしなくて済む。

だがすぐに、そんな気持ちが浮かんだことに落ち込む。嫌なことから逃げて、逃げて、最後は一体どこへ行くんだろう。

「アリサ？」

「なんでもない。おいしいね、ナスのスープも」

にこりと笑う。笑うことなら、得意だった。

＊　＊　＊

「ねえ、テレーズ、こんなにいらないよー」

「まだよ。こっちのサテンも、あっちのチェリーピンクのチュニックも合わせてみましょ」

「えええええ！　真っピンクは勘弁して……！」

王都にある仕立て屋の一室で、理世はマネキンと化していた。

テレーズは鼻歌でも歌い出しそうなほどの上機嫌だ。店員と一緒になって、引っ切りなしにあれもこれもと服を合わせてくる。理世はただ直立不動で、テレーズと服を交互に見るしかなかった。

「やはりテレーズ様のセンスは素晴らしいですわ。そちらには、この新作のボレロなんかを合わせられても……レースが美しいんですよ」

「ええ、素敵ね。これはどう？　アリサのきれいな黒髪には、ハッキリした色が似合うと思うの」

意気投合する店員とテレーズ。理世は、二人の間に入ることを放棄した。

ここはテレーズの馴染みの店らしい。パステルカラーの壁には優美な模様が描かれ、石膏の柱には緻密な文様が彫ってあった。二人は、壁に飾られている様々なデザインの衣服を手に取っては、色も種類も豊富な布との相性を確かめている。

理世が昨日入ったような庶民向けの店ではない。

姫巫女だった時、着ていたものは上等だったが、こういう場所に理世自身が赴いたことはない。最初は物珍しさから呆けたように眺めていたが、五着目が過ぎ、十着目が過ぎた頃には——理世もさすがに飽きていた。

「こちらなんて、先月お姉様にご注文いただいた商品とお揃いのデザインですよ」

「えっ。うちの姉、また注文してたんですか?」

ウキウキと洋服を選んでいたテレーズの手が止まる。

「ええ。テレーズ様の無事の帰還を祝って、十着ほどご注文いただいております」

「……その言い方だと、他の店でも……頭が痛い……」

何言ってるんだ、今まさに同じことを私にしてるじゃないか。と理世は溜め息をついた。

「テレーズ、私ももう十分なんだけど……」

「そうね、じゃあ最後に、これとこれならどちらが好き?」

「両方ともあんまり好みじゃない。私、その白い襟のと、こっちのバイカラーのが好き。邪魔になるから、羽織はいらない」

きっぱり、はっきり理世は選んだ。好みというよりも、その二つが一番動きやすそうだったのだ。

「あと、下はグレイのパンツがいい。合わせやすそうだし。あとは二着テレーズが選んで。もうそれで終わりにしよう」

理世の言葉に、テレーズは目を見開いた。どうしたのだろうと不安になって首を傾げると、小さく笑う。

「いえ、とても素直に自分の意見を言えるんだなと思って……」

「そりゃあ、全身真っピンクにされちゃたまんないもん」

その言葉にテレーズは少しだけ目を伏せた。

それを見ながら理世は、姫巫女の時は守り人が用意するものをただ着ていただけだったなと思い返す。日本で制服文化に慣れていた理世にとって、それはさほど息苦しいことではなかった。しかし、こうして自分で選ぶというのはやはり楽しいものがある。

できるだけ派手にならないような色合いのものを選んだが、仕立ての良さまでは隠せない。ちぐはぐになろうとも、昨日買った服も大事に着て行こうと、理世は荷物をしっかり握った。

「またのご来店、お待ちしております」

結局大量になった服をリュックに詰め込んで店を出る。

宿屋の受付嬢とは格の違いを感じさせる、仕立て屋のお姉さんのお辞儀。理世は少し迷った末に、小さく手を振る。彼女はそれに気付くとにこりとほほ笑み、手を振り返してくれた。

「よく似合ってたわ」

笑顔で見下ろすテレーズに、理世も大きく笑ってうなずく。

「ありがと……楽しかったなあ。こういうの、久しぶりだったから」

この七年、理世を囲むのは男ばかりだった。守り人達を兄のように感じ、親しみを持っていたが、やはり男と女は根本的に違う。男性とこんな風に服を楽しく選ぶなんて、絶対に無理だろう。そう考えると、こうして日本にいた頃のように楽しい女子トークができる時間は、非常に貴重で、とても懐かしい。

そういえば、怯むことなく自分の意見が言えたな。

店員との会話には及び腰になっていたのに。理世は不思議に思った。

女の子同士の気軽なショッピングだったからだろうか。相手がテレーズだから言えたのかもしれない。

「……さっき言ってた、姉の話なんだけど」

理世はテレーズを仰ぎ見た。テレーズは言いにくそうな顔で理世を見下ろしている。

「年が離れてるせいで、ことさら私をかわいがってくれて……ずっと、妹を欲しがっていて、私が生まれてからはかかりきり。母よりも乳母よりも、姉が私の世話をしてくれていたらしいの」

乳母がいるのか。あんな店の常連だから、そこそこいい家庭の出なのだろうとは思っていたが――まさかの本物のお嬢様に、理世は少しだけ腰が引けた。

「だからなのかしら。昔から姉の頼みごとには弱くって……。いつも、これで終わり、これでおしまいって言うんだけど。口ばっかりで断り切れないことを知ってるから、姉も強気なのよね」

「優しいんだね、テレーズ」

テレーズは苦笑を浮かべた。

「突然、変な話をしちゃったわね。私、どうしたのかしら。アリサも着せ替え人形にしちゃって、ごめんなさい」

「いいのいいの。私は楽しかったし」

理世は重いリュックを背負い直すと、大きく手を振る。その様子を見て、テレーズはふわりと優しく笑う。

「……私もとても楽しかった。いつの間にか姉の趣味がうつってたみたい。こうしてあなたに似合う服を選んであげたいって、ずっと思ってたの」

「ずっと？」

テレーズの亜麻(あま)色の髪が、空の青によく映(は)える。

「ええ、出会ってから――ずっと」

伏し目がちにそう言ったテレーズがあまりにも美しくて、理世は言葉を失った。人の流れに逆らうように、大通りで足を止めている二人を、人々が不思議そうな顔で見ながら通り過ぎていく。

顔を上げたテレーズは、人々を見て一拍呼吸を止め、理世の手を握った。理世はテレーズの手の力強さに、胸を高鳴らせる。

長身のテレーズの背にすっぽりと隠れてしまうほど理世は小さい。

もしかすると、テオバルトと同じくらいテレーズは背が高いかもしれない。――そう思ったと同時に、理世は我に返った。

どこか精悍(せいかん)な印象を受けるテレーズに、あの人の面影(おもかげ)を感じ、見惚(みと)れてしまった。理世は、自分に活(かつ)を入れる。女性であるテレーズに、彼を重ねてどうするのか。理世は心に蓋(ふた)をした。

「行きましょうか」

「うん」

テレーズが真剣な目で人波を見ていたことが気にかかり、理世は足を進めつつ後ろを振り返る。

その時、群衆の中に、見慣れた格好の人達をとらえた。

見間違えるはずもない。あれは、王国騎士団の制服だ。理世が七年間を共にした、先ほどテレーズと重ねたばかりの――テオバルトと同じ服を着た人達。

理世は首を伸ばした。騎士の顔が見え、そして――落胆する。

そこにいたのは、彼ではなかった。

理世はぎゅっとテレーズの手を握ると駆け足になった。俯(うつむ)き、顔を伏せる。その様子を見たテレーズが声をかけた。

「大丈夫よ、守ってあげるから」

その言葉にハッとして顔を上げる。テレーズは騎士なのだ。

王国騎士団はこの国を守る治安組織だが、団員は大きく二つの部隊のどちらかに所属して活動している。一つは、街ごとに支部が設置されている地域部隊。揉め事や犯罪の調査など、あらゆるトラブルに対応する。管轄するのはその街のみであり、試験に合格すれば誰でも入団可能だ。

そしてもう一つが、テオバルトが所属する王家直轄の近衛部隊。こちらは地域部隊とは異なり、王族や貴族の血を引く者のみ入団の資格を持ち、国王自らが任命する。王城の警備や王族の警護などが主な任務である。

テレーズを城の中で見かけたことはないが、これまでの様子から察するに、きっと近衛部隊に所属しているに違いない。

テレーズにとって、きっと彼らは同僚だろう。それなのに守ってあげる、とは。理世の顔が青ざめるのを見て、彼女はさらにつけ足した。

「あなたの事情はわからないけど、いいところのお嬢ちゃんなんでしょ？　見てればわかるわ。それがそんな大金を持ち出して――王国の騎士になんて、見つかりたくないわよね」

苦笑するテレーズに対して、理世は頬を赤らめた。自分の身の上については何も話していない。ところが、テレーズは理世の境遇を色々と推察し、心配してくれていたのだ。考えの及ばなかった自分が、ひどく恥ずかしかった。

「……ありがとう、ごめん。実は、そう。お忍びで……」

「羽目を外したいときぐらいあるわ。心配しないで。こう見えて、腕は立つの」

うん、ありがとう。理世はぎゅっとテレーズの手を握り返した。

そして気付く。

これから先のことを、何も考えていないことに。

国王にねだったテオバルトの婚約から逃げ出し、勝手に破棄したのだ。戻ったとしても、事がそう簡単に運ぶわけがない。

それは、理世が初めて今後に不安を感じた瞬間だった。

王国騎士の目から逃れた後、王都から出る準備を慌ただしく整えた理世とテレーズは、乗り合い馬車を待っていた。乗り場には、小さな子供から老人まで、たくさんの人が集まっている。

——建物が密集し、人で溢(あふ)れていた王都。

ほんの少しの時間しか見て回れなかったが、色々な刺激を受けた。走ることが楽しいのだと思い出させてくれたし、人の笑顔や喜びに触れることができた。そして、自分一人で立つ心細さも知った。

振り返れば、王都のどこにいても見える白亜の城が見える。その少し離れた場所には、おごそかで大きな建物が建っていた。

「ねえ、テレーズ。あれってもしかして神殿？」

理世が指差した方向を見てテレーズが答える。

「ええ。あの建物が総本部に当たるのよ」

「へえー」

神殿の支部は全国にあり、浄化の旅でいくつも見てきた。だが、総本部である建物を目にするのは初めてだ。まさか立ち寄るわけにはいかないが、もう少し近くでじっくり見たかったな、と思わないこともなかった。

「——神殿に、行きたかった？」

あまりにも真剣に見つめていたからか、テレーズがそう聞いてきた。理世は神殿から視線を剥(は)がす。王国騎士達は、神官と仲が悪い者が多い。もしテレーズもそうだったら——目も当てられない事態になるだろう。

「ううん、神殿にもあんま、近付きたくないかな」

ペロリと舌を出せば、テレーズはホッとしたような、悲しんだような、形容しがたい表情を浮かべた。

そうこうしていると、乗り場に次々と馬車が入ってきた。ここは日本で言うバスターミナルのようなものらしい。行き先の書かれたプレートを見て人々が乗り込んでいく。理世とテレーズはゼニス方面へ向かう馬車に乗った。

「私、乗り合い馬車に乗ってみたいって、ずっと思ってたんだよね」

口にしてから、先ほど身分を「いいところのお嬢ちゃん」と偽(いつわ)ったことを思い出した。庶民の足である乗り合い馬車に憧れるお嬢様というのは、違和感があるかもしれない。怪しまれたらどうしようと硬直する理世に、テレーズは「そうなの」とほほ笑むだけだった。

「えっと……」

この世界に来てすぐ旅に出た理世は、人に堂々と語れるほどの話題を持っていない。

次に何を話せばいいのか、言葉を詰まらせた。一度失敗するだけで及び腰になってしまう。理世は結局何も言えずに、俯(うつむ)いた。

「ゼニスまでは結構距離があるから、いくつか街を通ることになるわ。このあたりだと、王都に近いから市も多いわね。アリサは見たいものとかある？」

　理世の様子に気付いたテレーズが、気を遣って口を開く。

「うーんと、そうだなあ」

　したいことや欲しいものを急に聞かれても、すぐ答えるのは難しい。理世は腕を組んで考えた。

「実際に市へ行けばあれも欲しい、これも欲しいってなりそうなんだけど……」

「アリサはあまり物欲がないわね」

「そうでもないよ。自分のやりたいこととか、好きなこととか、あんまり考えてこなかったから……パッと思い浮かばないのかも」

　なんか寂しいな、私の人生。世界まで救ったのに。理世の心に、ふとそんな思いがよぎる。

「……それじゃあ、今回の旅で見つけられるといいわね」

「え？」

「行きたい場所も、やりたいことも。まだまだこれから探したらいいじゃない」

　テレーズの言葉が、驚くほどしっとりと理世の心を潤わせる。ポロリと目から鱗が落ちた気分だった。

「……本当だ。うん……うん」

　本当に、その通りだ。理世は何度もうなずいた。

　この世界に一人でやって来た理世にとって、六人の守り人以外は、ずっと部外者だった。理世の人生にとって必要ではない存在。いなくても世界は回ったし、理世は生きている。

なのに、その部外者の中の一人でしかなかったテレーズが今、理世の未来を大きく開いた。

行く場所や、すべきことを、理世はいつも自分で選択しなかった。守り人の用意したスケジュールを、毎日こなすだけの生活が七年。予定通りにいかなくて、失敗したら逃げてしまう癖がついてしまっても不思議ではない。

「——私、見つけられるかな」

そして、逃げないように、なれるかな。理世は心でそう続ける。テレーズは、隣でしっかりとうなずいた。

「ええ。必ず、見つけられる」

理世はテレーズを見上げ、くしゃりと笑みを浮かべる。目にはなぜか涙が浮かんでいたけれど、心はすっきり晴れていた。

＊　＊　＊

次の街に着く頃、あたりは薄暗くなっていた。王都よりは小さいが、この街もたくさんの人が行き交っている。順番を待ち検門を越えると、もうとっぷりと日が暮れていた。

「お腹空いた〜！」

「どこかで夕飯を食べましょうか」

長く馬車に揺られたせいで、テレーズも疲れているようだ。髪をかき上げる仕草がセクシーだったので、理世も真似をしてみた。しかし——

「どうかした？　かゆい？」

同じセクシーになりはしない。子猿は所詮、子猿である。

「なんでもない……。ご飯食べよっか。テレーズ、じゃんけんしよう！」

浄化の旅で夕飯の店を選ぶ時は、いつも血の雨が降った。男が六人も集まれば、食べたいものもばらばらになる。はじめのうちこそ理世の希望を第一に聞いていてくれたが、さほどこだわりがないと伝えたところ、店の決定権は彼らに移った。しかし彼らの希望全てを叶えることができる店なんて、日本のファミレスぐらいしか理世には思い浮かばなかった。

守り人(もりびと)達は毎日何が食べたいか、どれほど自分がそれを熱望しているか、激しくパッションをぶつけ合っていた。

そんなに大事か、夕飯が。いや、大事なんだろうな。食べ盛りの男の子だしな。女遊びも賭博(とばく)も禁止された、清く正しく美しい旅の最中じゃ、夕飯ぐらいしか楽しみがないもんな。

肉か魚かを言い争う第三王子と学者を見て、理世は何度そう思ったか知れない。

そんな時、理世が提案したのがじゃんけんだった。

平和主義の日本人らしい解決方法である。頭のいい彼らはすぐにルールを覚え、よほどのことがない限りはこれに従った。

「あ、じゃんけんっていうのはね」

理世が身振り手振りをまじえて説明すると、テレーズもすぐに覚えた。

「一度の説明で覚えるなんて、テレーズってばやっぱり頭いいね!?」

理世の言葉にテレーズは薄く笑う。

「何を食べたい？　さっぱりしたもの？　濃い味つけのもの？　それともお肉？」

「疲れたから塩分増し増しであんまり量がないもの！」

「残念。私は理世にきちんと食べさせたいから定食屋に行きたいわ」

ならば勝負！　と突き出した手は、理世がグー。テレーズがチョキ。理世はそのままガッツポーズを取ると、テレーズの腕を引いて食事処を探した。

軽食屋と酒場が一緒になった店を見つけ、理世は少し緊張して立ち止まる。昨日のことを思い出したのだ。あんな風に絡まれた時、どうしたらいいのだろう。固まる理世に気付いたのか、テレーズは理世の手をポンポンと叩いた。

その温もりと、先ほどの言葉に勇気をもらった理世は、一歩足を踏み出した。

「らっしゃい」

店内にはムーディーな雰囲気が漂っていた。ろうそくの火が揺れ、バグパイプをゆったりと吹く奏者がいる。当然、守り人が選ぶことのなかったような店だ。初めて訪れる大人っぽい店に、理世は「おあっ」と背を反らした。

「違う店に行く？」

見下ろすテレーズに、理世は強く首を振る。

できることばかりやっていても、先には進めない。「やりたいこと」を見つけるんでしょ。

「ここで大丈夫」

理世は何かに勝負を挑むかのように、キッと店内を睨みつけて言った。

店の中は外から見るよりも賑やかだった。客はカウンターやテーブルで明るく笑い合っている。

カウンターしか空席がなく、理世とテレーズはそこへ通された。この世界基準の、背の高いスツールに理世が必死によじのぼる。

「ふふ、かわいい。本当に子猿みたいね」

理世はよじのぼろうとした格好のまま、ポカンと口を開いた。

「こ、こざ、る？」

震えながらテレーズに尋ねる。

「ちまちましてて、一生懸命で、子猿みたいじゃない」

「なんてこったい……」

理世はなんとかスツールに座ると、カウンターに突っ伏した。まさか出会ったばかりの人からもそう見えるなんて。自分の圧倒的な子猿力にやけっぱちになった。

「マスター、ストレート！」

「いいえ。水割りを二杯、お願いね」

　たおやかにほほ笑んだテレーズに、マスターは鼻の下を伸ばしてうなずいた。理世は唇を尖(とが)らせる。

「なんでよう！」

「子供がお酒なんて――」

　つい水割りって言っちゃったけど、そこじゃなかったわね――そう言って首を横に振るテレーズに、理世は憤慨(ふんがい)した。

「子供じゃないし、もう二十一だし」

　ふんと鼻を鳴らして、ない胸を張る。

　こちらの世界の成人は十八歳以上を指す。三年も過ぎているとわかれば、いくらなんでも酒を飲むのを止めないだろう。

「……え？」

　テレーズは目を見開いて固まっている。その顔を見て、理世は察した。彼女にもやはり、もっと幼く見えていたのだろうと。

　この世界にやってきた時、理世は十四歳で、まさしく義務教育中。中学二年生だった。

　理世は、なぜ皆が異常なほど自分を過保護に扱うのか、しばらくたって気付いた。彼らは、召喚(しょうかん)

されてすぐの理世を、十にも満たない幼子だと思っていたのだ。この世界の人々は総じて背が高く、顔立ちも大人びている。そんな彼らが、童顔に加え、身長の低い理世を幼く見るのは、仕方がないことかもしれない。

彼らの感覚で言うと、理世は今ようやく、この世界に来たばかりの頃の年齢に見えているのだろう。口々に呼びかけられた「お嬢ちゃん」が、それを裏付けていた。

「水割り、お待ちどおさま。お嬢ちゃん達かわいいから、フルーツはおまけな。搾って入れると飲みやすいぜ」

「ありがとうございまーす」

子供扱いによるおまけなら、喜んで受け入れる。理世は礼を言うと、グラスを受け取った。

もちろん、初めての飲酒である。グラスの縁に唇をつけて、舌を出す。ちろり、と舐めるようにして酒を含んだ。

「辛い」

その姿を、未だ目を見開いたままテレーズが凝視していた。

「でも、ストレート、飲んでみたかったな」

「――水割りでさえ、そんな恐る恐るなのに?」

むくれた理世の言葉に、ようやく普通の様子に戻ったテレーズが苦笑する。テレーズは豪快にグラスをあおり、勢いよくそれをテーブルに置こうとしたのだが――慌てたようにグラスの底に手を添えて、ゆっくりグラスを置いた。理世とは違い、グラスの中身はしっかりと減っている。

「……ストレートがよかったのに」

理世は再度呟く。彼女がこう言うのには、理由があった。

『店主、すまないがストレートを一杯』

食事処で、テオバルトはたびたびそんな注文をしていた。理世は、正直なところ彼の飲んでいた『ストレート』に憧れていたのだ。

耳に残る彼の言葉をかき消すように、理世はグラスを傾けた。

「――っ！　そんなに一気に飲んだら……」

「げほっげほっ……」

喉を通る刺激に我慢できず、理世は咳き込んだ。ああもう、言わんこっちゃない。まるでそう言うようにテレーズがグラスを取り上げて背を撫でてくれる。

「辛い……」

「当たり前でしょう。ほら、ライムを搾ってあげるから」

辛い。おいしくないよう。理世は愚痴と一緒に、心に巣食う気持ちを外へと流した。

王城で与えられていた部屋には、置き手紙を残してある。理世が自発的に城を出たと、テオバルトもわかったはずだ。

道で、馬車で、街で。理世は視線をさまよわせていた。ずっと、探していた。けれど、理世が求める人影は、どこにも見当たらなかった。

心のどこかで、彼が自分を追いかけてくれると信じていたのに。

——追ってきてくれない。それが全てじゃないか。

「……アリサ」

テレーズが理世のためにライムを搾りながら、心配そうな顔で呼んだ。

「リヨ、って呼んで」

「え？」

在澤、という名前は、この世界の人にとって呼びにくいらしい。親しい人は皆、理世をアリサと呼んだ。

けれど、アリサは姫巫女としての名前だ。

姫巫女の椅子を自分で蹴飛ばした今、彼女の名前はアリサではない。無垢で純粋で、明るい笑顔を絶やさない、いい子のアリサではない。

「私、リヨが名前なの。だから、リヨって呼んで」

言われたテレーズはグラスをあおる。そして、口を開いた。

「……リヨ」

「うん」

酒に湿ったテレーズの声が、耳に心地いい。理世は何度もうなずく。

初めての酒に浮かれ、そして、少しばかり雰囲気にも酔っていた。

「私ね——ずっと色々、嘘ついてたの。無邪気なふりして、馬鹿なふりして。本当の自分なんて、誰にも見せられなかった」

〝浄化の姫巫女〟なんていう仰々しいものに、この世界の人が何を求めてるのか。

いくら子供だった理世でも、わからないわけがない。

従順で物わかりがよく、それでいて敏くない子を欲していた。姫巫女という役目に責任感を持ちながらも、その内容に疑問を抱かない——そんな子を。

そしてできれば、女の子としての魅力を持っているような子。間違っても、酒を飲んで咳き込んだりしてはいけない。少女漫画のヒロインのように、ちょっと間抜けでお馬鹿で——純粋な、輝いている子。

理世は大人達の希望を敏感に察した。そして親の期待に応える子供のように、理世は必死に演じ続けた。

一年、二年とたち——ありのままの自分を見せても受け入れてくれるであろうほど、皆との信頼関係が深まっていることに、本当は気付いていた。

それでも、いい子のふりをやめられなかった。かわいい子供のふりをやめられなかった。

皆の望みを知っていたから。「かわいくて頼りないアリサ」を求めているのが、わかったから。

理世は、意図してそうふるまった。

けどもう、いいんじゃないだろうか。なぜならここには、〝浄化の姫巫女〟も、〝アリサ〟もいない。

「私、変われると思うの」

やりたいことも、好きなことも、きっと見つけられる——そう背を押してくれたのは、テレーズだった。

「嘘つかないで、生きていけると思う。——これからのことも、ちゃんと決めていけるはず」

瞳を潤ませながら、理世が言い終えた。その頬にこぼれた涙を、テレーズはじっと見つめている。

「……そう。私もお手伝い、できるかしら」

「もちろん！　もうテレーズにはたくさん助けてもらってる。旅に出たのはいいけど、私一人じゃ、きっと何もできなかった……。一緒にいてくれてありがとう。テレーズがいてくれて、本当によかった」

理世が顔を上げて告げる。オレンジ色の照明に照らされたテレーズは、苦笑いを浮かべていた。

「私が、あなたの役に立てるなら……」

テレーズがグラスを傾け、静かにテーブルへ戻す。そのグラスには、うっすらルージュの跡が残っていた。

第二章「ねぇ、お願い」

理世が城を飛び出してから、一週間がたった頃。理世とテレーズは、馬車を乗り継いで到着した王都近隣の街で、ぶらぶらと散歩をしていた。赤茶色の煉瓦（れんが）で囲まれた街並は、理世の大好きだった、魔女の子供が主人公のアニメ映画を彷彿（ほうふつ）とさせる。

「ねぇテレーズ、これ、これ、すごくかわいい」

街の一角。煉瓦（れんが）造りの店には色とりどりの花が売られていた。白、黄色、紫。理世は日本で好きだった花に似ているものを見つけ、テレーズを振り返る。

「本当、かわいい。買っていきましょうか」

理世に見上げられたテレーズは、にこにこと笑って言った。理世はその言葉に驚き、目を見張る。

「え？　植木鉢を!?　買ってどうするの!?」

かわいいと指差したのは、アジサイに似た花だ。理世が体を丸めた時と同じサイズほどもありそうな大きな植木鉢に、ボンと植えられている。買ったところで、旅をしている理世達には、飾る場所がない無用の長物（ちょうぶつ）だ。

「背負って運んでいけばいいじゃない」

「せ、背負うのかー！　あ、でも似合いそう……いやいや!?」

比喩でもなんでもなく、花を背負うのか。リアル少女漫画だな、と遠い目をした理世は、テレーズの背中を押して花屋を後にした。

「ああいう時は、本当ねかわいいね、でいいんだよ。別にあの花が欲しいわけじゃないんだから」

「あら、そうなの」

「そうなのー。あるでしょ、意味のない会話をしたい時も。テレーズって、そういうとこ、たまに男の人みたいだよね……あ、見て、あれもかわいい！」

理世の言葉に、テレーズの体が一瞬強張る。しかし、すでに違う店に興味を移してしまった理世は気付かない。

「見て見て、仮面だって」

「かわいいわね」

学習したテレーズは不必要な言葉を足さなかった。理世が持った仮面舞踏会のマスクを模したものを見て、にこりと笑う。

「テレーズもこういうのつけて、仮面舞踏会とか出たことあるの？」

「そうね、何度か」

理世も七年に及ぶ浄化の旅の中で、貴族に誘われることは数多くあった。それは晩餐会であったり、舞踏会であったりと様々で、幾度か出席もした。しかし、いつもより分厚いヴェールと、ほとんど全ての肌を隠したドレスを身にまとって、だが。

神秘的な〝浄化の姫巫女〟という名前の価値を落とす行動は、徹底的に排除された。理世はいつも以上に厳しく無言でいるよう言いつけられ、守り人の腕に抱かれて移動した。体つきの幼さを隠すための行為であったが、それがまた謎めいた雰囲気を演出するのに一役買っていた。守り人の腕に咲く、純潔の花。

異端すぎてはいけないが、身近すぎても困る。守り人達の献身は、時に堅牢な檻のように感じられたが、いつだって理世を守る鎧になっていた。

「――リヨも、舞踏会に行きたい？」

「私のサイズに似合うドレスって、あると思う？」

先日の仕立て屋で服を選ぶ時も、チュニックはワンピースに、ブラウスはロング丈になってしまった。袖は折らねば格好がつかない。普段着が、既製品で選べる限界だろう。となれば、体の線にぴったりと添うドレスなんて、夢のまた夢だ。

「ドレスなんてどうにでもなるわ」

「ほんと？　じゃあ機会があれば行ってみたいかも。ああいう所って、出会いの場にもなってるんでしょ？　私、チビに見えるけど実際は二十一歳だし、色々考えていかなきゃいけない時期だからなあ……まあまだ、遠い話だけど」

つい先日まで、「遠い話」ではなかった。手を伸ばせば掴める距離に、想い人がいた。それを掴めた気になっていたのだけれど、実際は違った。理世が無邪気に伸ばした手を、テオバルトは振り払えなかっただけなのだ。姫巫女に手を伸ばされたら、誰だって逆らえないだろう。

理世の言葉にテレーズが再び体を強張らせた。しかし、考え込んでいる理世は気付かない。テレーズが恐る恐る口を開いた。

「……二十一なら、今までにも結婚の話ぐらいあったんじゃないの？」

この世界では、女性は十代の後半で結婚適齢期となる。しかし、理世には無縁のこと。

「ないない」

そう即答すると、今度こそ完全に、テレーズは動きを止めた。

「どうかした？」

テレーズは小さく頭を振り、強張っていた表情を笑顔に変えた。


日が出ている間は遊び倒し、腹が減れば食事処に入る。そして甘めの酒を舐めながら食事を取り、宿へ戻る。素晴らしき無職生活を、理世は満喫していた。

宿屋に空き室がある場合は二部屋押さえているが、結局テレーズは理世の隣――いや、床で眠るため、着替えの時ぐらいしか使わなかった。

帰るとまず、その日の汚れを落とす。宿の近くに大衆浴場があれば、そこも利用した。昼間に買ってきた酒やつまみを、寝る前に楽しむこともあった。

浄化の旅では体験できないことばかりだった。自由なスケジュールも、気楽な格好も、こんなに近くで町の人とすれ違うことも。何もかも、理世にとっては初めて尽くしだった。

ただ、守り人ほどではないにしろ、テレーズもそれなりに理世の行動を制限した。

「今日はまだ、野菜がしっかり摂れてないわよ」

テレーズはにこりと言うが、理世はフォークを咥えて目を逸らした。

「お行儀がよくない」

「ごめんなさい」

「謝罪よりも、サラダを食べる意欲を見せてほしいんだけど」

理世は、むむむと口をへの字に曲げる。

テレーズがじゃんけんに勝つと、まず間違いなく今日のような店に理世を連行した。主食、主菜、副菜がしっかりと摂れるメニューを出す場所だ。

そして彼女は理世が自分では頼みそうにないものを率先して頼み、分け与える。かわいくごまかそうとしても、決して許してはもらえなかった。こういうところは、守り人によく似ている。彼らと似通ったところを見て、安堵したり、鬱陶しくなったりと忙しい。

「子供じゃないんだから」

この言葉を言われるとつらい。

理世は、ドレッシングもマヨネーズもかかっていない葉っぱのかたまりをフォークでまとめ、一気に頬張った。この世界のサラダは、いつだって味がついていない。

「偉いわ、よく頑張ったわね」

よしよし、とテレーズが理世の頭を撫でる。まさしく子ども扱いされている気がして、遠い目でそれを受け入れた。

「お店を出る前に行っとこうかな」

全てを食べ終え、理世が席を立ち上がると、テレーズもそれに続いた。理世は怪訝な目を向ける。

「……テレーズ。ありがたいんだけど、ほら、そこ。見えるでしょ？　あそこに行くだけなんで……」

「ええ。でも護衛だから」

テレーズと守り人のよく似ているところが、もう一つ。

彼女は理世のそばを離れることを、極端に嫌った。

護衛とはそういうものだと言われればそれまでだが、理世は今、姫巫女でもなんでもない。

「ただの小娘のために、そんな四六時中警戒してたら逆に不自然だよね！」

テレーズは答えずに、ただにっこりと笑い返すだけだった。しかし理世も負けていられない。非常に深刻な問題だからだ。

「乙女なの、おトイレなの！　たとえ親友でも、腹違いの妹でも、母にさえも！　聞かれたくない音というものが、存在するの！」

テレーズは理世の切実な訴えを聞いて一考し、小さくうなずいた。

「じゃあ、五メートル離れて待機してるから」

「やめて！　ここで待ってて！　待っててくれなかったら絶交だからね!?」

どこの小学生だ、というような台詞を投げ捨てて、理世はトイレへと飛び込んだ。

＊＊＊

自分の隣にテレーズがいることに違和感を抱かなくなった頃、理世は城の状況が気になり始めていた。置き手紙一つで逃げ出してきてしまったが、何か変化はあっただろうか。誰かに、ひどく迷惑をかけてはいないだろうか。

今いる街は規模としては大きくないが、川に近いので新鮮な川魚が手に入る。理世はその市場で人と物の流れを見つめる。

衝動で城から逃げ出してしまったが、日に日に大きくなる未練に押しつぶされそうだった。

あのまま――テオバルト達の会話を、聞いていなかったふりをすべきだったんじゃないか。暇さえあれば、そう考えていた。

世界を救った褒美だ。誰が笑うだろうか。誰がはねのけられるだろうか。そういうしたたかな思いが心の奥底にあったのかもしれない。きっと誰からも祝福されると、本人も喜んでくれると思っていた。

けれど、理世の望んだ「ご褒美」は、テオバルトにとっては「主命(しゅめい)」であった。

しかし、たったそれだけの違いだ。その部分に目をつぶればいいだけ。彼は恋人を捨て、理世と結婚までするつもりだったのに。聞いたこと、そしてこの心の痛みに、気付いていないふりをすればいいだけ。それだけだったのに。

仲間に囲まれ、国から信頼を寄せられ、誰を裏切ることもなく心穏やかに暮らすべきだったんじゃないか。自分は幸せなのだと、心に偽(いつわ)りを重ねるべきだったのではないか。

理世の心に、不安が巣食う。けれどこればかりは、テレーズに打ち明けるわけにもいかない。

「リヨッ！　なぜそんなところにっ⁉」

テレーズの声にぎょっとして、理世は足元をふらつかせた。倒れそうになったが、足裏に力を入れて踏ん張る。ほっと息を吐いて声がしたほうを振り返ると、真っ青な顔をしたテレーズが、理世を受け止めようと両手を広げた状態で立っていた。

理世は今、木に登っていたのだ。田舎で生まれ育ったため、太い枝と、適度にかかとの尖(とが)った靴があれば木登りなどお手のもの。テレーズが露店で昼食を買おうとしているほんの一時(ひととき)の間に、店の近くにあった木に登って市場(いちば)を見ていた所を叱られてしまった。

「すぐに下りてちょうだい！」

「大丈夫だよ、テレーズ」

「ほら、早く！」

焦るテレーズがおかしくて理世は笑った。そしてするすると木から下りる。その際に一番気にしていたのは自分の身の安全ではない。枝のささくれに、テレーズが選んでくれた服を引っかけてしまわないようにすることだった。

「おーい、お姉さん。ヤマメ焼けたよー！」

「ちょっと待っててちょうだい！」

声をかけてくれた屋台のおじさんにそう返すと、テレーズは理世の体をくまなく確認した。どこにも怪我がないことを確認し、ほっと息を吐き出す。

「無事のようね」

「大げさだなー、テレーズは」

「リヨが大事だからよ」

ああ、きたよ。騎士道精神。理世はテレーズの言葉に、心の中で精一杯の悪態をついた。やはり同じ騎士であったテオバルトもまた、まるで当然とばかりに理世を甘やかしたものだった。

「まったく、本当に子猿みたいね、あなたは」

美貌の淑女（しゅくじょ）はそう言い残すと、理世を残して屋台へとヤマメ串を受け取りに行った。

――本当に子猿みたいね。

理世は今まで登っていた木の根元に目を落とした。

「リヨ」

しばらく待っているとテレーズの声がして、顔を上げる。理世の前に、かぐわしい匂いを放つ串が差し出された。

「熱いから、気をつけて」

「……ありがとう」

いくらか気を取り直した理世は、テレーズの手から串を受け取った。そして近くのベンチに、二人で腰かける。

こんがりと焼かれたヤマメは、塩のついた皮はパリッと、中はしっとりしている。お腹の部分をかじれば、ほろ苦さと共に身が崩れた。細い骨を器用に残し、はふはふと咀嚼する。

「おいひぃ」

「それはよかった」

テレーズもかじりついた。ルージュの引かれた唇に、魚の油がついてなまめかしく光る。

理世がテレーズにずいと顔を近付けた。驚いたのか、テレーズがのけ反る。

「リヨ？」

「テレーズ、本当にきれいだなぁ」

子猿の私とは大違い。そう言って唇を尖らせると、テレーズはふふふと笑った。

美女だとは思っていたが、やはりその通りで、それも『絶世の』が頭につく。滑らかな肌に長いまつげ。艶やかな唇。理世は無遠慮に、隣に座るテレーズの頬を撫でた。

「どうしたの？」

「そういえば、テレーズっていくつなの？」

「にじゅう――よ、ん」

「えー!?　三つしか違わないの？　私、三年たったとしても絶対こうはなれないわぁ……」

いいなーと呟きながら、テレーズの顔にペタペタと触れる。美しく引かれたアイラインに、太く長いまつげ。羨ましさに溜め息が漏れる。

「……リヨはリヨのままでかわいいじゃない」

「私はテレーズみたいになりたいの」

頬から手を離すと、理世はテレーズの肩に頭をのせた。もたれかかる理世の頭を、テレーズが優しく撫でる。

「どうしたの急に」

「――うん」

小さくうなずいて目を閉じた理世は、ぽつりと呟く。

「大人って、どうやったらなれるんだろ」

「……それも、見つけていきましょ。何事も、急がずにじっくり進めばいいの」

「自分のことしか考えられなくて、逃げてばかりで、やんなっちゃう」

理世の弱気を、テレーズは穏やかな笑みで受け止める。

「私は今のリヨが、一生懸命で、いじらしくて、かわいくて好きよ」

「……ありがとう。そんなに優しくされると好きになっちゃうんだから」

ぐりぐりと頭を押しつけた理世に、テレーズがきっぱりと言った。

「それは駄目」

驚いて理世が顔を上げる。自分の言ったことに驚いたように、テレーズも口元を押さえた。そして慌てて口を開く。

「嬉しいけどね」

つけ足された言葉に、理世は曖昧(あいまい)にほほ笑んだ。そして、スッと自身の頭をテレーズの肩から離した。

テレーズは、なぜか最初から話しやすい人だった。

テレーズの口調、間の取り方。何もかも心地よく、安心できた。

だからだろうか。彼女に対して、理世は寄りかかりすぎてしまうきらいがある。今も、彼女の許容範囲を超えて甘えてしまったのだろう――難しいな。理世は、心を入れ替えるため、唇をくっと引き結んだ。

＊＊＊

テレーズと会話をする時に、理世には困ることがあった。

過去を隠したまま話すのがとんでもなく難しいのだ。自分が姫巫女であったことは、もちろん告げることができない。しかし、守り人のことならば、濁しつつ話してもいいのではないかと、理世は覚悟を決めた。

「テレーズ。あのね、私、お兄ちゃんが六人いてさ……」

理世にそう告白されたテレーズは、やはり面食らっているようだ。

もちろん、実の兄ではない。しかし、兄ではない異性六人と長期間一緒にいるなんて、きっとこの世界ではとんでもないことだろう。仮にここが日本であっても、かなり特殊な環境だと言える。

「隠してたわけじゃないんだけど……ちょっと多いし」

「聞いてもいいの？」

「うん、もっちろん」

理世の返事を受け、テレーズは酒に火照った頬を緩ませる。その顔を見て、理世も淡く笑う。

理世がせがんだストレートの酒を宿屋の部屋で飲みながら、二人はまったりとした時間を過ごしていた。窓から覗く月が、柔らかく二人を照らす。

念願のストレートであったが、理世は一舐めしただけで、大人しく果実割りに手を伸ばした。

「えっとねぇ、人懐っこいのと、変人と、堅物と、天使みたいなのと、苦労人と、女たらしなお兄ちゃんがいたんだけど――」

「ちょ、ちょちょちょ、ちょっと待って」

テレーズはグラスをテーブルに置くと、額を押さえた。急に酔いが回ったように動きを止めたテレーズを、理世は心配する。

「どうしたの？　大丈夫？」

「……たくさんいて、一気に覚えられる自信がないの。もう少し特徴を教えてもらえない？　職業とか」

なんだそういうことか。理世が明るく笑う。

「うん。人懐っこい騎士と、女たらしな騎士と、堅物な学者と、天使みたいな神官と、苦労人な吟遊詩人と、変人の……む、無職」

第三王子を、まさかそのまま伝えるわけにもいかない。理世は苦肉の策として、彼を無職と紹介した。

テレーズの反応がないことを不審に思い、理世が顔を向ける。彼女はグラスを置いたまま、なぜか顔を覆っていた。

「さっきからどうしたの、テレーズ」

「……ええ、はい。うん、はい。ええ。いいの、そう。女、たらし……」

テレーズは顔面を大きな片手で覆ったまま、何かもごもごと呟いた。理世は不思議に思いながらも話を進める。

「まあ、職業からもわかるように、皆それぞれ個性豊かで楽しかったんだけど。お兄ちゃん達、束縛が激しくて……」

「そ、そくばく？」

テレーズの声が上ずった。理世はうんとうなずく。

「えーとまず、自分達以外としゃべっちゃ駄目、でしょう。あとはもちろん、触っちゃ駄目、笑いかけちゃ駄目、反応しちゃ駄目」

テレーズはその内容に固まった。

「あと、着るものも制限されたし、行く場所も、時間も……やだ私、めっちゃヤンデレ系の逆ハーレムルートなんじゃないのこれ、って思うレベルで凄まじいな……」

その全てが理世を〝浄化の姫巫女〟として印象づけ、彼女を守るための鎧となっていたことは、理世も十分理解している。彼らが意地悪や執着からそうしているのではないことも、よくわかっていた。――しかし、こうして指折り数えて口に出すと、その内容のすごさに、ドン引きする。

「……それは、ええと……」

テレーズもなんと返していいのかわからないようで、視線をさまよわせている。ぎゅっと理世の両手を握ると、蚊の鳴くような声でこう続けた。

「……お気の毒に……」

目線を合わせないテレーズは、兄達からの愛されっぷりにかなり引いているのだろう。

「あ、でもね。嫌だって思ったのは最近だから！」

「……最近？」

「そう。束縛されてる時はなんていうか、感覚が麻痺(まひ)してて、それが普通だと思っちゃってたっていうか……」

「……」

テレーズがついに黙り込んでしまった。気付けば顔を覆(おお)っていた両手は、すっぽりと頭全てを抱えている。

「……その束縛が嫌になって、こうして旅を？」

「え。うーん、ちょっと違うかなあ。旅に出て、初めて、私はこんなに自由だったんだ、って驚いたんだよね」

だから、やりたいこととかあんまりわかんなくて。そう告げる理世に、テレーズはようやく顔を上げた。

「……本当にね、嫌だったわけじゃないんだ。皆が、私のために行動してくれてたんだって、ちゃんとわかっているから」

一番理世を叱っていたのは、堅物(かたぶつ)の学者だった。彼は理世に、道を切り開いた後のことまで考えるように、とよく言っていた。

「私が自分の役目をきちんと果たせたのは、おこりんぼな学者のお兄ちゃんのおかげが大きいんだろうなって思ってる。全部を肯定して甘やかしてくれる人がいたことも、本当に心強かったけど……私、弱いからさ。それだけじゃ、きっと全部から逃げてた。こんな風に」

今回のことも、彼が知ったらきっと強く理世を叱っただろう。逃げるほどのことなのか、逃げる前にやることはないのか。なぜ立ち向かわないのか、協力してくれる相手は探したのか――彼の言いそうな正論が次々と浮かび上がり、ハハハと乾いた笑いを浮かべながら理世はグラスを回した。

「変人無職もね、いっつも意味わかんないこと言ってくるんだけど、私がそれで傷付いてることがわかったら、二度と言わなかった。苦労人な吟遊詩人のお兄ちゃんは、いつも私に歌を聞かせてくれた。私の歌う曲を覚えて、一緒に歌ってくれたりもしたんだよ。なんだか懐かしいなあ」

理世は目をつぶる。鮮やかな景色を見ながら吟遊詩人と歌った曲が、よみがえってくるようだった。

理世がナッツに手を伸ばす。テレーズは理世の独白を肴に酒を舐める。

夜は深い。いつもよりペースの速い酒は、すぐに理世の体をめぐった。舌っ足らずの甘え声で、気持ちいい酔いに身を任せる。

「天使君はね、いつもにこにこほんわかしてて優しいんだけど、たまにびっくりするぐらい融通きかないの。出された宿題を忘れると、笑顔のままますごんでくるんだよ……。人懐っこいほうの騎士は明るくて元気で、いつも私とつるんでてね」

もう、二度と会えないかもしれないんだけど——理世は心の中でそうつけ加える。困ったように笑った理世が、自業自得なんだと呟いた。

「……最後の一人は？」

「——たらしの騎士は……一番頼りにしてた。随分と、甘やかしてもらったな」

理世は両手でグラスを握ると、月を見上げた。柔らかく光るその姿が、彼を思い出させる。

理世の様子を、テレーズが真剣な瞳で見つめていた。何かを訴えるようなテレーズの視線に気付き、理世は笑う。

「あ、でも。テレーズのほうが素直に甘えられる」

守り人達を、兄のように感じていた。そしてテレーズは、そこに初めて現れた姉のような存在である。理世にとって、この世界で初めて——心から甘えることができる存在だった。

「いつもありがとう、テレーズ」

テレーズは理世の感謝の言葉に、曖昧に笑うだけだった。

＊＊＊

「一番、頼りにしてた、お兄ちゃん……か」

先ほど聞いた言葉を反芻するかのように、テレーズが薄い唇を開いた。あの言葉から、婚約者に対する熱情は、見つけられそうにない。

　酔いつぶれた理世を介抱したテレーズは、彼女が寝入ったのを確認して部屋を出た。余分に取っていた隣の部屋に入り、訪れるはずの客を待つ。髪が頬にかかり、鬱陶しい感触のそれを乱暴に剥ぎ取ると、長さも色も大きく異なる髪が姿を現した。

　しばしして、コンコンと窓から小さな音が鳴った。そこにやってきた男を迎えるため、テレーズは椅子から立ち上がる。

「お疲れさんっす」

　窓を開けると、男は軽い調子で言った。一方のテレーズは、突然現れた男に驚きもしない。いや、知っていたのだ。自分が一人になれば、必ず向こうから接触を図ってくると。

　男は深めにかぶっていたキャップを少しだけ上げて、人のいい笑みを浮かべた。

「――報告は」

　テレーズに聞かれ、男は器用に室内へ体を滑り込ませる。服についたホコリをパンパンと軽く叩いた後、つらつらと言葉を連ねた。

「王城のほうは今のところ騒ぎになっていませんよ。何しろ、あなたも共に姿を消してますからねえ。婚前旅行にでも出かけたと、皆さん思ってることでしょう」

　テレーズは溜め息をつきつつ、続きを促す。

「ああ、それと。ルーカス殿下が取り計らってくださったおかげで、あなたには英雄のための救世

有給というものが適用されるとか。とりあえずは浄化の旅に出ていた分の振り替え休日にしておいてやると仰せです」

「また……都合のいい制度を作ってくれましたね。殿下のご恩寵に感謝すると伝えておいてくれ」

「かしこまりやした」

どこにでもいそうな平凡な顔をした、平凡な格好の男。この存在感の薄さが、情報伝達という仕事をスムーズにこなす秘訣であった。

「ああ、そうそう」

男が懐からガサゴソと一枚の手紙を取り出した。

「第一発見者は、すでに田舎に帰らせておりますが——まあ、なに。謝礼は弾んでおきました。豪華な帰路になるでしょう」

男の言葉にわずかに眉をひそめながら、テレーズはその手紙を受け取った。開いてみると、拙い文字で書かれた、理世の置き手紙だった。

『少し旅に出ます。どうぞ探さないでください。皆さん、テオバルト、ごめんね』

テレーズは鈍器で頭を殴られたような衝撃を受けた。回ってもいない酒に目がくらみそうになる。

「ごめんね、ですって。旦那」

「……言うな」

テレーズは頭を抱えたくなって俯く。手にしていた鬘を放り投げ、ムスッとした表情で腕組みをした。

「ああっ、ちょっと！　それ人毛ですよね!?　お貴族様にはわからんでしょうが、結構なお値段なんすから！　大切に扱ってくださいよ、まったく！」

「知るものか。こんな格好さえしてなければ――」

「ええ、こんな格好をしていなければ、あなた様は顔を見られた瞬間に姫巫女に逃げられて、茫然としてる間に見失っていたでしょうね」

テレーズはぐっと言葉に詰まった。

「花嫁はいつの世も、結婚前に情緒不安定になるらしいっすよ。まあ、あまり心配なさらずとも、ひと月かふた月ほど放浪に付き合ってやりゃぁ、身も心もおっぴらいてすり寄ってきますよ」

知った顔をしてうそぶく男の脛を蹴ってやろうと、テレーズが足を上げた。男は「おっと」とそれを避けると、目を糸のように細めて笑う。

「殿下からの伝言です。『引きずってでも、城に連れて帰ってこい』と」

「伝え返してくれ――彼女の気が済んだら帰ると」

男は喉を鳴らして笑った。そしてウィンクを一つ贈り、「では、あっしは失礼しやすぜ」と慌ただしく部屋を後にする。

第三王子のよこした部下を見送ると、テレーズは大きく息を吐いた。

いつまでも理世を一人にしておくわけにはいかない。テレーズは、彼女のいる部屋に戻らなければばとわかっているのに、まるで沼に沈んでいるかのように足に力が入らなかった。

――テレーズは本当の名を、テオバルト・デツェンと言う。

理世が、結婚を申し込んだ騎士である。

年の離れた姉から定期的に女装を強要されていたテオバルトは、理世と街で会ったあの日も、その餌食となっていた。

七年間も実家を離れていたため、姉の鬱憤は相当溜まっていたらしい。

悪魔の面をかぶった彼女によって磨き上げられたテオバルトは「テレーズ」となり、逃げるように着の身着のまま酒場へと赴いた。

女としての装いは完璧である。何しろ、物心つく前から女のふりをさせられることがあったのだ。理世でなくても、「テレーズ」が男だと疑う者などいない。一八九センチと長身であるものの、そのしなやかな所作から、武術を修得した女性にしか見えなかった。

元々美しかった顔を化粧で飾り、仕草を整える。完璧な女装は、完全な美を生んでいた。妖艶な美女として酒場に向かったテオバルトは、そこで――いるはずがない少女の姿を見つけたのだ。

彼が「アリサ」と呼んでいた相手が、なぜか王城から抜け出し、夜の街に繰り出している。その衝撃を表す言葉を、彼は持ち合わせておらず、ただただ唖然とするばかりであった。

世界を救った姫巫女である理世は、このような粗末な酒場に縁などないはずだ。誰よりも称えられる貴人となり、柔らかなドレスを着て、温かい茶を飲み、そして愛に囲まれて暮らすはずであった。なのにその人は――なぜかうらぶれた酒場の店先で、途方に暮れた顔をしていた。

テオバルトは、旅を共にした仲間であり、姫巫女である少女を――大切に思っていた。

少女が自分に好意を抱いていることは知っていた。彼女と同じような想いを持っているわけではなかったが、テオバルトもまた少女を慕っていたのだ。

世界を救うため、厳しい旅を続ける中、笑顔を絶やさなかった彼女。そんな彼女が幸せになれるのなら。彼女の望みを叶えるのも、やぶさかではないと思った。

しかし、街中(まちなか)で見つけた理世は、テオバルトの知る理世とどこか違っていた。

そして彼女はこともあろうに、求婚相手の男を別人だと信じ込んだ。髪の色と長さを変え、声を高くし、女物の服を着ただけだというのに。

テオバルトは溜(た)め息を吐いて頭を振った。地毛をまとめ、かつらをかぶる。

『少し旅に出ます。どうぞ探さないでください』

下手くそな彼女の文字を思い出す。

彼女は、城から抜け出した。テオバルトと結婚したいと、王に願ったその後に。

救世の褒美として結婚を望んだ後、姿を消した彼女の意図が、心底わからなかった。

それでも、無理矢理引きずって城に連れ帰ればまた逃げられると思い、テオバルトは旅の同行を願い出た。何かあるなら力になれるだろうと、そう思ったのだ。

そして、理世は浄化の旅では見せたこともない表情と言葉の数々で「テレーズ」を歓迎した。テオバルトは、その日にひとまず滞在した騎士団御用達の宿から、城へと遣いを送った。理世のことは自分が見ている、と。

その後、同じ守り人でもあった第三王子のルーカス殿下が、密かに連絡役をよこし、後を追わせていることにテオバルトは気付いていた。そして今晩、理世が酔いつぶれ、絶対に一人では部屋を抜け出せなくなったことで、先ほどの男が接触してきたのだ。

テオバルトが理世のそばを片時も離れなかったのは、彼女がまた逃げ出さないためであった。

もう幾度目かすらわからない吐息を漏らせば、酒に濡れた息が部屋に満ちていく。

理世にとって、浄化の旅での姿は偽りだったのだろうか。我々は、真実を見せるのに値しない、名を呼ばせる価値もない、置き手紙一つで簡単に関係を断ち切れる程度の存在だったのだろうか。

一言、一言だけでも。なぜ、相談してこなかった。なぜ、自分に逃げてこなかった。いつものように、「テオバルト、助けて」と。

テレーズとして旅をはじめ、理世は何度か涙をこぼした。

「泣かせたく、なかった」

ぽつりと呟く声は、驚くほど女々しかった。

ルーカス殿下の命令は過激だったが、城側として理世に一刻も早く戻ってほしいことはテオバルトも察している。理世が王城から逃げ出したことを、神殿の者に嗅ぎつかれる前に。

もともとこの世界では、王家と神殿が水面下で対立している。内乱を起こすほどではないが、その力のバランスが崩れぬよう、なんとかうまくやってきたのだ。しかし理世をどちらが手に入れるかで、先行きが変わる可能性がある。

——なぜ逃げた。

何が嫌だった。

理世は城から逃げ出す必要などなかった。城の外に出たいのなら、そう告げればよかっただけだ。テオバルトが護衛につくこともできたかもしれない。理世は、全てを望める立場にあったのだから。

しかし理世は、一人きりで旅に出た。

それが単に、王城での生活に不慣れなせいで起きた過ち(あやま)だと、テオバルトは思い込みたかった。

……いや。テオバルトは自らの考えを打ち消した。その答えは、理世から聞いていたからだ。

『ああいう所って、出会いの場にもなってるんでしょ？　私、チビに見えるけど実際は二十一歳だし、色々考えていかなきゃいけない時期だからなあ……まあまだ、遠い話だけど』

『……二十一なら、今までにも結婚の話ぐらいあったんじゃないの？』

『ないない』

理世の明るい声が、頭によみがえる。

理由はわからないが、理世はテオバルトとの結婚を望んだ後、それを拒むために城から逃げだしたのだろう。

テオバルトは、そっと瞳を閉じた。

やりたいことがわからない、できることがない——そう言ってすがる目で見つめてきた、彼女の心までは疑いたくなかった。

理世の何を信じ、何を守っていけばいいのか。わからなくて、心が揺れる。

理世の望みと、城の望みが分かれた時。

彼女の守り人（もりびと）であり、城の守護騎士であるテオバルトはどうするのか。彼自身もまだ、決めかねていた。

テレーズは、テオバルトとは違う。

たったの一瞬でも、テオバルトの心は思ってしまった。彼女が、そんな好意を自分以外に向けることは、とても嫌だと——結婚を拒まれた身でありながら。

七年の絆（きずな）を、女性だからというだけで容易（たやす）く踏み越えたテレーズを、テオバルトはこの時初めて憎いと思った。

「このっ」

理世は顔を真っ赤にして、叫ぶ。

「かぼちゃ、おいくら、です、か……」

どんどんと尻すぼみになっていったが、店主には聞こえたようだ。元気のいい声で、答えが返ってくる。

理世はテレーズから前もって渡されていた小袋を広げて、指定された金額を差し出す。店主は明るい笑顔で銅貨を受け取ると、大きなかぼちゃを理世に渡した。

「はいよっ、まいど、お嬢ちゃん。また来てな」

「は、はーい」

かぼちゃを抱えて走り、八百屋から立ち去った。その顔は紅潮している。

店から少し離れて理世を見守っていたテレーズのもとに急ぐ。テレーズはずっと見ていたのか、胸のかぼちゃを見て、にっこりと笑った。

「お帰りなさい」

「ただいま！　買えたよ、見て！」

ほら！　とかぼちゃを掲げる理世の頭を、テレーズはよしよしと撫でた。理世はかぼちゃを触りながら、しょうがない、撫でさせてやらんこともない、と満足気な顔だ。

「この一ヶ月、テレーズの様子を見てたからね。師匠の技は見て盗めって、お国の言葉にありましてな！　まあ理世さんにはこのぐらい、朝飯前なんですけどね！」

はっはっはっ！　と、カボチャを抱えて高らかに笑う理世の頭を撫でながら、テレーズは噴き出すのをなんとか我慢している。しかし、自分の偉業に大興奮の理世はそのことに気付かない。

「この調子だと私、今日のご飯だって注文できそうなんですけど！　いけると思う、今なら、いける。どう考えてもいける！」

意気揚々とまくし立てる理世に話しかけるため、テレーズは何度か咳払いをする。ようやく笑いを噛み殺し、テレーズは理世に告げた。

「そのかぼちゃ、どうするの？」

「……宿に寄付してこよう」

持っていても、武器ぐらいにしかなんないや、という理世の言葉に、テレーズはついに我慢しきれず噴き出した。

思いつき通り宿にかぼちゃを寄付すると、理世とテレーズは夕食に向かった。その日の夕食じゃんけんはテレーズの勝ち。テレーズと一緒に、かわいらしいこじゃれた店の門をくぐる。いつだって彼女が選ぶのは、清潔で女性にも入りやすそうな店だった。きっと、こういう所が好きなんだろうな。誰のためにこうした店を選んでいるのかを知らない理世は、呑気にそんなことを思っていた。

テレーズは男性も顔負けの長身に、戦う女騎士らしいしっかりとした体つきをしている。整った顔立ちも、女らしいというよりは中性的で、「格好いい女性」と表現するのが一番似合う。けれど動きはたおやかで、気品に溢れている。

テレーズは男女問わず人目をよく引いた。男性からの視線は仕方ないと受け流せても、女性からの視線はなぜか面白くない。そして、理世はこの独占欲の雰囲気に、なんとなく覚えがあった。

そんな時、理世はテレーズの腕に巻きついて、周りからの視線を追い払う。テレーズは甘えたがりの子猿にするように、理世の頭を撫でた。

席に通された理世とテレーズは、さっそく何を頼むかメニューを見上げる。

「どうする、リヨ。また離れてたほうがいい？」

「ううん、今回はいて。メニューを選ぶには、一人じゃ、まだちょっと不安」

メニューを睨みつつそう言った理世に、テレーズはうなずいた。

何を頼むか決めて理世が手を上げると、元気のいい女性店員が近付いてきた。

「いらっしゃいませ。なんにします？」

「注文をお願いします！」

「は、はい！」

理世の緊張が伝わったのか、店員も背筋を伸ばす。

「野菜のチーズ焼きひとつと……！」

「ひとつと！」

「スペアリブのトマト煮ひとつと……！」

「ひとつと！」

店員と理世の威勢のいいかけ合いを、テレーズはにこにこと見守っている。なんだなんだと店中の注目を浴びながら、賑やかな注文は無事に成功した。メニューを頼み終え、気力を使い果たした理世が、ふぅと椅子に体を預ける。

「お疲れ様」

「……ありがとう。これで、できることは二つ、増えたね」

はああ、緊張した。そう言って両腕に顔を埋める理世の背を、テレーズがさする。

「焦らなくてもよかったのに」

「いやいや、買い物と注文ですよ。二十歳も超えて、できないほうが恥ずかしいよ……。私、ちゃんとできてたよね？」

「ええ、もちろん」

テレーズの返事に、理世はほっと息を吐く。

「よかった。私、一人でもちゃんとやってけそうだね」

テレーズは一瞬動きを止めたが、理世は店の奥を見て、あっと嬉しそうな顔をした。

「ほらテレーズ、きたよ！　ばんばん食べよう！」

「はい！　お待ちどおさまです、ばんばん食べてってくださいね！」

「はーい！」

店員の言葉に明るく返事をすると、理世は料理を皿に取り分け始めた。釈然としないものを感じながら、テレーズもそれに続く。料理を取り分け、いただきますと手を合わせて――テレーズはふと疑問に思った。

「私、好きな料理を伝えたことあったかしら？」

「さあ？　どうだろ、あったかな？」

スペアリブを両手に持ち、かぶりつきながら理世は首をひねる。

「私の好きなものばかり……」

「そうなんだ、よかった。まあ一ヶ月も一緒に行動してたら、好きそうなものぐらいわかるよ」

テーブルの上を見てまだ戸惑うテレーズに、理世はモグモグと口を動かしながら笑って言う。その様子が面白かったのか、テレーズはかすかに笑って料理に口をつけた。

フォークを運ぶ手、口に入れる仕草、好きな料理。

テレーズを見ていると、理世はいつも彼を思い出す。その顔を振り払うように、理世はスペアリブの骨をぺいっと吐き出した。

＊＊＊

やがて、理世は自然に人と話すことができるようになった。

元々表情が豊かで明るい性格だけに、こちらの世界の人々も受け入れやすかったのだろう。宿泊先の記帳こそまだテレーズに頼んでいるが、他のことはたいてい、自分で行えるようになっている。

そして、日がたつにつれ、理世はテレーズにことさら懐いた。ろくに事情も話さない、脛に傷を持つ雰囲気たっぷりの自分を、何も言わず穏やかに包み込んでくれるテレーズ。

彼女と旅をするようになってから、どれほど変われただろうか。縮こまり、先の見えないトンネルを前に途方に暮れていた理世。そんな時、一緒にいるからとにかく前に進もうと、手を引いてくれたのがテレーズだった。彼女には、感謝してもしきれない。

どこへ行くにも、理世はテレーズの後ろにとことことついて回る。果ては布団の中にまで引きずり込むようになり、これにはテレーズのほうがまいっているようだ。

理世にとって、テレーズの温もりは春先の毛布のように愛しい。いつまでも、こうしてくるまっていたかった。

今日も今日とて、強引にテレーズを布団に引き込んだ理世は、自身が寝入るまで彼女の体にへばりついて離れなかった。ようやくテレーズが理世の腕から抜け出せるのは、いつも日付が変わった頃。それから今日の始末と、連絡係との報告会、そして明日の準備を始めるのだ。

もちろん、そんなことを露ほども知らぬ理世は、昼間に街を歩く際も、テレーズの腕に巻きつくように身を寄せていた。見るからに女二人のカップルに仕上がっているが、テレーズが不満を漏らしたことはない。このほうが理世の逃亡を案じなくて済むとでも思っているのだろう。何も言われないのをいいことに、理世はテレーズにさらにくっつくのだった。

そして、ある日の夜。理世は、足を組んで酒場の椅子に腰かけていた。その胸元には、リュートがある。小さな手で弦をつまみ、ベインベインと音を鳴らす。

「お嬢ちゃん、上手いもんじゃないか」

「えへへ、どんなもんだい」

ビロロン、ボヨン。およそ「上手い」と形容しがたい音でも、愛らしい女の子が奏でていれば問題ない。男達は酒の肴に、音階が迷子になったような理世の手習い歌を聞いていた。

浄化の旅で、守り人の一人だった吟遊詩人。彼は生来の気質からか、よく苦労事を背負い込んでいた。守り人達の相談役という立場であり、あけすけに言えば愚痴聞き係でもある。そんな彼は、食事中以外はずっとリュートを弾いていた。理世は彼にねだって、何度もリュートを触らせてもらった。そのおかげで、初心者がまず覚えるという簡単な歌を、三つほど弾けるようにもなった。

今は、店が雇った吟遊詩人の演奏するリュートを、食事中の理世が凝視するものだから、人のいい吟遊詩人がそれに気付いて「弾いてみるかい？」と声をかけてくれたのだった。最初こそ遠慮したものの、客の悪乗りとテレーズの後押しもあり、理世は照れながらもリュートを受け取った。

「その曲をアレンジしたのは君かい？」

吟遊詩人に、理世は首を横に振った。

「リュートを教えてくれた人だよ。あなたと同じ、吟遊詩人なの。彼がいつも弾いてたこの曲が好きで、簡単にして教えて、ってお願いしたんだ」

最後に奏でる、三曲目。前の二つよりもぐんと難しくなるが、理世はこの曲が好きだった。苦労性の吟遊詩人が演奏する時よりも、三テンポほど遅く、指の動きも拙いが、なんとなくこの曲だとわかる程度にはなっている。

「よい歌だ。人に感謝と喜びを伝える、希望に満ちた歌だよ」

理世は店の詩人の言葉を聞いて、顔を上げた。

邪気がはびこり、世界が滅亡に向かおうとしていた時。理世にできることはただ、そこにいることだけだった。

本当に邪気が晴れたかどうか、理世にはわからないけれど、その目で成果を判断できる神官のおかげで、自信を持つことができた。

何のために歩き、移動し続けるのか、わからなくなる時だってたくさんあった。そうして理世が沈んだ顔をした時は、吟遊詩人が必ずこの曲を弾いてくれたのだ。

もちろん、旅は刺激に溢れた楽しいことばかりではない。険悪なムードになることも、慣れによる倦怠期のような状態に陥ることもあった。

そんな時は、決まって吟遊詩人の歌が聞こえた。

弦をはじき、背面を叩き、朗々とした歌声で皆を癒す。

『明るい曲だね』

『そうだろう。君の笑顔がまた見たいなって、リュートがおねだりしてるんだ』

嘘ばっかり。理世はディディエという名の吟遊詩人とのやりとりを思い出し、涙が溢れそうになった。あなたはその時、私に感謝を伝えていたんだ。この世界にたった一人の、浄化の姫巫女。重圧に負けそうな時、いつだってあなたは、私に感謝を伝えようとしてくれた。ねえ、そうなんでしょ。

ボロロン、ボロロン。理世が弦をはじく。

「おい、下手くそー。そろそろ返してやれよ、酒がまずくなる！」

酒場から飛んできたヤジに、理世はぴっと背筋を伸ばした。傷つけないように丁寧に、だが急いで吟遊詩人へとリュートを返す。

「まだよかったのに」

「私はもう十分楽しませてもらったから。次はお店の人達を楽しませてあげて」

「そうかい」

吟遊詩人はほほ笑み、平凡な顔に皺を刻んだ。帽子を深くかぶり直すと、トントンとリュートを叩いてリズムを取る。

「君のお師匠様にはかなわないかもしれないが。私も、今日の君にこの曲を贈ろう」

バルバルバル。理世の時とは全然違う弦の音が聞こえた。重なる音の響きに、手拍子を送る。

守り人達と離れ、まだ数ヶ月もたっていないのに。この曲が随分と懐かしい。元気にしてるだろうか、心配してないだろうか。理世はたまらなく、皆に会いたくなっていた。

悲しい気持ちを、ぐっと抑える。この曲の意味を教えてもらった今、泣いたりしては失礼だ。

「在澤理世、踊ります！」

突然の大声に驚いたのは、テレーズだった。彼女が踊りに堪能だとは聞いたこともなかったからだ。しかし、酒場の男達は、やんややんやと理世をはやし立てている。

理世は踊り出した。両手を突き出して足をがに股に開き、テレーズが見たこともない、気味の悪い動きをしている。どじょうすくいのような珍妙なその踊りに、酒の入った客達は大爆笑だ。

「ほら、テレーズ！　後ろに来て！　真似して！」

「ええぇ!?」

テレーズが素っ頓狂な声を上げる。一同は、一瞬にして同情の目をテレーズに向けた。

注目を浴びるテレーズは、かわいい子猿の無茶苦茶なおねだりのために席を立った。手足の長い彼女にとっては、少しばかり不似合いな踊り。それは理世が日本で慣れ親しんだ、地元の盆踊りの型だった。

「ほら、おっちゃんも、立って。来て来て、後ろに回って」

先ほどヤジを飛ばしてきた親父に理世は話しかける。

「誰がするってんだい。そんなへっぴり腰の変な踊り」

一瞥もくれずに彼は理世を笑い飛ばしたが、理世も負けていない。

「何言ってんの。こんな美人のお尻見ながら踊る機会なんて、この先絶対、一生来ないよ」

親父は、ジョッキをテーブルに力強く置くと立ち上がった。そして無言でテレーズの後ろに移動する。

「あっ、待て、俺も踊る！」

「あれを踊りって言っていいのかい」

がやがやと騒がしかった酒場が、賑やかになっていく。理世の後ろにテレーズ、テレーズの後ろに親父。その後ろにも多くの客が並び、いつしか大きな輪が店の中にできていた。テーブルと椅子は隅に移動させられ、店主が手拍子でリズムを取る。吟遊詩人は皆の輪が途切れないように、いつまでも曲を奏で続けた。

「あっはっはっはっは！」

リズムよく足を突き出し、手を返し、両手を叩く。まるで本当に、日本の盆踊りのよう。その運びを、誰もが笑いながら繰り返すこの空間が、なんとも楽しかった。

　理世が救った世界は、笑顔で満ちている。


　盆踊りも幕引きとなった時には、理世は全身汗だらけ。暑くなったと上着を脱いで、少年のような格好になっていた。さらに、体育座りで酒場の親父達と話しているためスカートはめくれ、膝から下がむき出しになっていた。

　理世は、親父達から子供にしか思われていないと信じ切っている。実際、酒が回った男の視線に気付けない程度には子供だった。

　汗でべたつく額を、先ほどから理世は何度も腕で拭って(ぬぐ)いる。そのたびに、男達の視線が服の隙間へ集まることを、理世は知らない。

「リヨ！　そろそろ帰りましょう」

「ええっ、もうちょっと！　今いいとこなのに！」

　何度目になるかわからない「もうちょっと」を叫んで、理世が膝に顎(あご)をのせた。手元のカードを見て、んんん、と唸る(うな)。理世は、親父達とポーカーもどきの勝負に興じていた。

　こちらの世界のトランプのルールは、浄化の旅の途中に、守り人(もりびと)達から教わり理解している。

　踊り疲れて、皆でビールを一気飲みした。子供だから、なんて理由で理世のビールを奪う者は一人もいない。その時だった、テーブルの上に広がるトランプが理世の目に入ったのは。酒で浮かれた気分に任せて、親父達に勝負を挑んだ。

　そして、惨敗中というわけである。

　テレーズが後方支援をしてくれた時だけ勝つものだから、悔しくなった理世は「向こうで飲んできて」と命じた。テレーズは理世から少し離れた場所で、負け続ける理世を見守っている。

　しかし、そろそろ雲行きが怪しい。テレーズ自身もしつこくナンパに遭い、いら立ちは募る一方だ。一時でも楽しく笑い合った仲間——ひと悶着起こす前に、とっととお別れしたいテレーズの気持ちを、理世は一握りも汲み取れていなかった。

「勝てばいいんでしょう？　カードを渡してちょうだい」

　突如としてテレーズが背後に立ち、そう口にする。驚いた理世は「勝てるの？」と言いかけたが、すぐに口を閉じる。

　すごむテレーズの後ろから、ゴゴゴという重低音が聞こえるかのようだ。理世をカモにしていた親父達が、たらりと冷や汗を流した。

「テ、テレーズ、怒ってる？」

「ええ、少し」

　すでに最初の「帰りましょうか」から、一時間は引き延ばしているだろう。子供の頃、「もうゲームをやめなさい！」という親の言葉を聞かずに、しょっちゅう電源コードを抜かれ、強制終了に泣いていたことを思い出した。

「カード欲しい？」

これ以上の延長は無理だろう。テレーズの笑顔を見て理世は悟った。

「じゃあ、私が心配でたまらないから、早く帰って休ませたいんだって言って。そしたら渡すから」

彼女の笑みは深くなったが、内心「このやろう」と思っているのは明らかだ。

きっと、一時間前ならなんの支障もなく言ってくれたことだろう。しかし、散々振り回した挙句、さらなる愛の恐喝。面白くないだろうなとは思いつつ、理世は首を傾けた。

「言ってくれなきゃ帰んないんだから」

つんと唇を尖らせた理世に、テレーズは小さく息を吐いた。

「心配で心配でたまらなくて、もう抱き抱えて帰ってしまいたいぐらいなの。早く帰りましょう、かわいい子猿ちゃん」

子猿は不要なんだけどなー！　理世はそう言って、テレーズにカードを手渡した。周りが囃し立てる中、テレーズの腕に巻きつき、座った彼女の肩に頬を寄せる。

「テレーズ、勝ってね」

ここから？　と聞き返したくなるような手札である。しかしテレーズは大きくうなずいた。

「当然よ」

それから勝負がつくのに、五分とからなかった。テレーズの前に、親父達が崩れ落ちている。別に何も賭けてはいないのだが、あまりの大敗を前に言葉もないようだった。

そんな彼らを前に、理世は一人で大笑いだ。

「あーはっはっはっは！　この理世様を舐めるからよっ！」

「勝ったのは嬢ちゃんじゃねえだろ！」

どこからか湧いたツッコミに、どっと笑いが起こった。それが嬉しくて、理世はまた笑う。

――こんなに笑ったのなんて、いつぶりだろうか。

支払いをするテレーズの二の腕に、理世はぐりぐりと額を押しつけた。テレーズは気にせず、銅貨を数えている。

城を出るまで、理世はいつも意識していた。人の目や、守り人の目を――

民衆の前では、神秘の姫巫女に。

唯一無二の味方である守り人の前では、愛くるしいアリサに。

どう動いたら嫌われないか、どう動くことを求められているか。はしゃぎすぎず、かといって陰気にもならずに。子供らしいわがままは言えども、分をわきまえた態度をとる。そんな全てのしがらみから解き放たれた今……何と清々しいことだろう。

皆の献身に、もちろん感謝している。けれど、やはり窮屈に思う気持ちもあったのだ。

二つの感情が拮抗して、理世はどうすればいいのかわからなくなっていた。城に帰れば、嫌でもテオバルトとやり合わねばならない。その時に、守り人を頼っていいのか、それとも一人で立つべきか。頼るということは、あの檻に再び自ら入るということなのか——と。

「テレーズ」

「どうしたのよ？」

理世が甘えた声を出すのでテレーズは苦笑した。理世は顔を上げ、目を細めてテレーズを見つめる。

「私に、笑顔をくれて、ありがとう」

テレーズは、これからのことは、これから考えればいいと言ってくれた。無理に急いで決めずに、時間をかけて進んでいけばいいのだと。理世に、新しい選択肢をくれたのだ。

「……リヨ？」

テレーズは突然の謝意に戸惑っている様子だった。理世は再び彼女の二の腕に顔を埋める。

アリサか、姫巫女か、理世か。それを、無理に決めつけなくてもいいのだと知った。どれも、全部自分自身なのだから。アリサの時に感じた思いも、姫巫女の時に経験したことも、理世の時に気付いたことも、全てかけがえのない大事な宝物だ。それが集まって、今の理世がいる。

守り人がいたから、理世はこの世界での歩き方を知った。そして彼らがいないから、この世界での笑い方を知った。

理世は、やっと「自分」を見つけられた気がした。

帰ろう――城へ。すんなりと、その言葉が浮かび上がってきた。

ゼニスへ行った後、この笑顔を、持って帰ろう。そうしたらきっと、どんなつらいことが待っていたとしても、また笑えるようになるに違いないから。

「テレーズ、大好き」

理世は今ようやく、自分の足で大地に立っている気がした。

＊＊＊

陽の光が燦々と窓から降り注ぐ気持ちのいい朝。街の外れの宿に、けたたましい音が鳴り響いた。

ゴワンゴワン、カンカンカンカン！

あまりの音の大きさに、昨夜遅くまで酒場で遊んでいた理世も飛び起きた。

「きゃーーー！　オスカー、ごめんなさい！」

ぎゅっと体を縮こまらせる。

しかし、いつまでたっても理世が想像していた怒号は飛んでこない。

「……え、あれ……」

顔を上げた理世を待っていたのは、苦笑するテレーズだった。彼女はそっと理世の背を叩く。

「おはよう、いい朝ね」

理世の顔から血の気が引いた。寝ぼけた頭で、今が浄化の旅の最中だと勘違いしてしまったのだ。当時、理世がなかなか起きない日はオスカーという名の守り人が鼓膜が破れそうなほど鐘を打ち鳴らし、叱責するのが常だった。勘違いするのは仕方ないとしても、オスカーの名前を出してしまったのはまずい。

テレーズは王都に勤めている騎士だ。当然、六人の守り人の名前ぐらいは把握していることだろう。もし、正体を怪しまれてしまったら――どうしよう、どうしようと硬直する理世だったが、テレーズは「そうそう」と窓の向こうを見やった。

「窓を開けてたから、真下の音が入ってきちゃったみたいね」

テレーズは何も気にしていないようである。オスカーという名前が聞こえなかったか、聞こえていたとしてもよくある名前だと片付けてくれたのだろうか。理世はほっとした。

窓の下を覗くと、そこにはニワトリを追いかけ回す幼い兄妹がいた。二人は片手にフライパン、もう片方にお玉を持ち、飼育小屋からニワトリを外に追い出そうとしている。

「あれ、何やってるの？」

「採卵しようとしてるんじゃないかしら。大人ならお腹の下に手を入れて卵を掴むでしょうけど、あの二人はまだ怖いのかしらね」

なるほど。だから追い出しているのか。理世は納得した。ふてぶてしいニワトリはなかなか外に出てくれず、苦戦した兄妹がさらにフライパンを打ち鳴らす。

「ひゃあ！」

「窓は閉めておきましょうか」

テレーズが閉め終わる間際に、「こら！　お客さんの迷惑になるだろ！」と、母親らしき人の怒鳴り声が響く。テレーズと理世は、顔を見合わせて笑った。

朝の支度をそれぞれに済ませ、下の階に下りる。食堂から、いい匂いが漂ってきた。

「パン焼いてるのかな」

「楽しみね」

「うん！」

手焼きのパンを出す宿屋はそう多くない。餅は餅屋、パンはパン屋がこの世界の基本で、宿も食事処(どころ)も、パン屋に外注して仕入れるのが一般的だ。

そのため、焼きたてのパンにめぐり合うことは難しい。理世は足取り軽く食堂へと急いだ。

「あれ」

食堂には先客がいた。昨日、酒場で理世がリュートを借りた、人のいい吟遊詩人(ぎんゆうしじん)。リュートを抱え、さきほどの兄妹と話していた。

「あの人、昨日の吟遊詩人(ぎんゆうしじん)だよね」

「……ええ、そうね」

なぜここに。小さくテレーズが呟(つぶや)く。彼女が眉をひそめるので理世が驚いた直後、吟遊詩人(ぎんゆうしじん)がこちらに気付いた。

「やあ、昨夜の踊り姫」

「踊り姫、って。いやあ、それほどでも」

　デレッと照れた理世に、テレーズも吟遊詩人も生温い笑顔を向けるだけだった。しかし、子供達は違う。目を輝かせて吟遊詩人と話をしていた二人が、輝く瞳のまま理世を振り返った。

「吟遊詩人の次は、踊り姫!?　なあ、踊ってくれよ！　俺、おっぱい揺れるやつがいい！」

　歯抜けの笑顔でそう言った少年は、理世の絶壁の胸を見てがっくりと肩を落とした。どんな激しい踊りをしたところで、胸は揺れないと判断したのだろう。

　理世の後ろから、ブブッという声が聞こえた。振り返れば、テレーズが口元を押さえてあらぬ方向を向いている。

「テレーズ？」

「なんでもないわ」

　慌てて取り繕うテレーズに、理世は薄目で「ふーん」と返した。

「なあ、こっちのきれいなほうの姉ちゃんは踊れないの？」

「だ、だめだよお兄ちゃん。あの、ご、ごめんなさい」

　テレーズの腕を取って笑う兄の暴挙を、気の弱そうな妹が必死になだめている。「きれいなほうの」という言葉に一瞬怒りを覚えた理世であったが、その妹に免じて忘れてやることにした。

「こら！　あんた達！　お客さんにご迷惑おかけしてないで、こっち手伝いな！」

台所の奥から、息子の騒ぎ声に気付いた母親が怒り心頭でやってきた。少年をとらえようと腕を伸ばすが、少年はすんでのところで逃げ出した。そして一番頼りになりそうな美女、テレーズの後ろへと回り込む。少年は、吟遊詩人と踊り姫という言葉に気持ちが高ぶっているらしく、母の言葉に舌を出す。

「べー！　やだね！　うちみたいなボロ宿に吟遊詩人や踊り子が来ることなんてそんなないんだから！　絶対一曲は歌ってもらうんだい！」

途端に少年の母親が雷を落とした。

「なに馬鹿言ってんだい！　吟遊詩人に曲を頼む金なんか、うちにあるわけないだろ！」

決して、彼らを馬鹿にして言っているのではない。基本的に貴族をパトロンに持つ吟遊詩人の一曲は、腕を磨くため自ら酒場などに格安で売り込む場合を除いて、目玉が飛び出るほどに高い。日が出てから沈むまで、真面目にコツコツ働いている人間が、気軽にポンと出せる金額ではないのだ。

だからこそ、少年は高揚しているのだ。自分の家の宿に吟遊詩人が来たのは初めてだったのだろう。踊り子もまた通常、一座で行動し、大型の馬車やテントと共に移動するため、宿に宿泊することはほとんどない。

「あはは、僕は吟遊詩人と言ってもまだ駆け出しで。朝食の準備が整うまでの間ならお付き合いしますよ」

理世にリュートを譲った時と同じく、彼はまたもや人のよさを発揮している。守り人だった吟遊詩人も、似たような状況によく陥っていた。この職業はそういう人間ばかり集まるのだろうかと、理世は呆れつつも好感を抱いた。

「でも……」

母親は頬に手を当て、困ったように吟遊詩人を見た。自分も商売をしているからこそ、その曲の価値がわかるのだろう。タダでは宿泊させてやれないように、彼の曲もタダで聞くわけにはいかない。

「母ちゃん？」

まごつく様子を見てようやく、少年は自分が母親を困らせていると気付いたらしい。そんな二人を、幼い妹が眉を下げて交互に見ている。

「テレーズ」

理世がちょんちょんとテレーズの服の裾を握った。テレーズは承知したとうなずく。

「よろしければ――」

「あ、あのっ」

テレーズが吟遊詩人に話しかけようとしたその時、妹が声を振り絞った。

「あの、う、うちの卵」

裏返り、どんどん小さくなっていく声を、吟遊詩人は耳を澄まして聞いた。

「領主様も、おいしいって、隣町まで売りに行かないかって、言ってくださるぐらい、おいしいの……だから、あの、卵、ふたつにするから、う、歌、聞かせて、ください……」

耳まで真っ赤に染めて、なんとか最後まで言い切った。吟遊詩人(ぎんゆうしじん)は嬉しそうに大きく首を縦に振る。

「嬉しいな、卵は大好物なんだ。僕の歌を聞いたら、お兄ちゃんと二人、きちんとお宿のお手伝いができるかな？」

妹は途端にパッと顔を輝かせると、彼に向かって何度もうなずく。少年もテレーズの後ろから出てきて、妹の頭をくしゃくしゃと撫(な)でつけた。

「ああ、すみません……ありがとうございます！　じゃあ私は朝食の準備に戻りますので、どうぞよろしくお願いします。あんた達、これ以上ご迷惑おかけするんじゃないよ」

「はーい」

「うん！」

最後は母親も、彼の厚意に甘えることを決めた。確かに、ここでお金を払うと言うほうが無粋(ぶすい)になるだろう。

「なんの歌がいいかな。魔王を滅ぼした勇者の歌、世界を平和に導いた王子の歌。奇跡の力で人々を癒(いや)した、少しへんてこな聖女の歌もあるよ」

どれもこの世界では有名な歌ばかりだった。浄化の旅の最中に聞かせてもらった曲を思い出しながら、理世は席に着こうと椅子を引く。

そうそうたるラインナップ。しかし、兄妹は迷うことなく二人で叫んだ。

「世界を救った姫巫女様の歌がいい！」

座りかけた椅子から理世が転げ落ちた。

「姫巫女様か――」

吟遊詩人は、ボロロンとリュートを弾いて理世を見た。テレーズの手を借り椅子に這い上がろうとしていた理世は、その視線を受けてドキリとする。

「姫巫女と同じぬばたまの絹と宝石を持つ、幼き少女よ。この曲も、君のお師匠様には負けるだろうけど――よければ目覚ましにでもしてくれると嬉しいな」

吟遊詩人はそう言ってウインクを一つ送ると、リュートを強くかき鳴らした。


ぱくり、と焼きたてのパンに理世がかじりつく。

さっきの、あれ。ばれていたんだろうか――私が姫巫女だって。

いやいや、そんなわけがない。

理世は先ほどから何度も頭をよぎる疑問に、一人で首を振り続けている。

吟遊詩人が歌い終えると、すぐに朝食が始まった。彼はおいしそうに全てを平らげ、すでに食堂を後にしている。そのまま旅に出るのだろう。小さな荷物と大きなリュートだけを持ち、爽やかにこの宿を去って行った。

　理世の守り人（もりびと）である吟遊詩人（ぎんゆうしじん）、ディディエ。彼の歌は、多くの人に愛されていて、リュートの腕前も見事だった。同業者なら、彼がアレンジした曲を聞いただけでピンとくるくらい有名なのかもしれない。いやでもまさか、そんな。理世はスープを前に、溜（た）め息を吐く。

「――黒い髪と瞳、確かに姫巫女様と同じなのね。とてもきれいだわ」

　テレーズの言葉に、理世の肩がびくりと跳ねた。いやでもこれは、話題にならないほうが不自然だと観念して答える。

「そ、そうだね……」

「二人も喜んだみたいでよかったわ」

　テレーズの視線を追い、理世も目を細める。台所と食堂を行き来して家業を手伝う兄妹は、先ほどからずっと吟遊詩人（ぎんゆうしじん）を褒め称（たた）えてばかりいた。

「うん。優しい人でよかったね」

「……ええ」

　理世の言葉に、苦虫を噛みつぶしたような顔をするテレーズ。理世は不思議に思って首を傾（かし）げた。

「なんでもないわ。あ、二人が来るわよ」

　テレーズが言う通り、兄妹が走ってこちらにやってきた。

「きれいなお姉ちゃんと、姫巫女様と同じ色だけど普通のお姉ちゃん！」

なんという呼び名だろう。理世はめまいと同時に怒りを覚えた。

「なにその、普通って！」

「だって普通じゃん！」

「わかんないじゃん！　姫巫女様かもしれないでしょ！」

つい勢いに任せて反論する理世を、テレーズが「まあまあ」となだめた。同じレベルにまで下がってどうすると、無言のままたしなめられているかのようだ。

「えー。姉ちゃんが姫巫女様なわけないじゃん。姫巫女様はもっときれいで、ばいーんってしてるんだぜ。俺知ってるもん」

なんだよその妄想！　理世はつっこみたいけれど、できなかった。それはひとえに、理世がきれいじゃなく、ばいーんともしていないからに他ならない。

それに、理世とて王子であるルーカス殿下を目にするまでは、王子と言えば背が高くてイケメンで優しい人だと思っていた。それが実際はどうだ。前世で楽しんだゲームやアニメに、あれほど無作法な変人が出てくることはなかった。こんな真実、知りたくなかった。

理想や憧れを持ち続けるのは大事なことだ。そう思いながらも、理世は打ちひしがれた。

「あ、あの、パンのおかわり、さっき迷惑かけたからって、お母さんが……」

「お兄ちゃんがごめんなさい」と言い、妹が慌ててバゲットの入ったかごを差し出した。

「ありがとう、ここのパンはおいしいわね」

受け取りながらテレーズがほほ笑むと、妹は顔を真っ赤にして俯いた。理世はなんだか面白くなくて、テレーズをぎっと睨む。

「テレーズの女たらし」

「リヨったら何を……」

軽くかわそうとしたテレーズだが、少し慌てているようにも見えた。

その後、朝食を食べ終えた二人は、部屋に戻り旅立つ準備を整えた。旅の出会いは一期一会。宿の前まで見送りに出てきた兄妹に、理世は大きく手を振って別れた。

しかし、いつもすぐ隣についてくるはずのテレーズがいないことを不審に思い、振り返る。

「テレーズ？」

少年と何やら話していたテレーズが、一つうなずいてからこちらにやってきた。少年は不思議そうに二人を見ている。

「何話してたの？」

「今日という日を、覚えておくといい——と。いつか彼にとって、思い出の日となるでしょうから」

まぶしそうに目を細めて理世を見たテレーズが、再び少年に視線を送った。彼と妹は、まだ手を振ってくれている。

確かに、吟遊詩人の歌を生で聞ける機会などそう多くないだろう。少年にとってかけがえのない日になったに違いない。

「よかったね」

「ええ、本当に」

無邪気な顔をしてそう言う理世を、テレーズはただ笑って見ていた。

＊＊＊

「あ！　テレーズ、天気雨！」

理世が自らの服の裾をつまんで、雨の中をはしゃぐ。

「風邪引いちゃうわよ、いらっしゃい」

「あとちょっとは？」

「駄目よ」

言葉とは裏腹にテレーズはほほ笑み、穏やかに理世を見つめている。明るい日差しの中、キラキラと降り注ぐ雨に後ろ髪を引かれながらも、テレーズのもとに戻った。

「雨かあ。そう言えばそろそろ七夕(たなばた)だなあ」

濡れた髪をかき分けながら、理世が言った。テレーズは自分の肩かけで、理世の体を拭(ふ)いていく。

「リヨの国の行事よね」

「うん、そう。うちの国には大々的に願いごとをしていい日がいくつかあるんだけど、そのひとつ」

理世の言い方が面白かったのか、テレーズはくすくすと笑った。理世はテレーズのこの笑い方が、嫌いではない。もし、守り人達にこんな笑い方をされたら――きっと不機嫌になることもあっただろう。第三王子であればなおさらだ。しかし、テレーズからは馬鹿にされていると感じたことが一度もない。彼女が決して、嫌みな物言いをしないからかもしれない。

テレーズとの旅の中で、理世は自分が違う国から来たということは打ち明けた。まさかそれが異世界だとは言えないが、この国では珍しい髪や目の色、年齢の割に無知であることの理由にはなった。

「私がいた国は、梅雨っていって、雨がたくさん降る時期があってね」

この世界と日本は暦が正確に一致するわけではない。しかし、四季と呼べる季節の変化はあるため、理世は日本の行事をいつも思い出していた。

「その時期に、天の川っていう星の川が広がってたんだ。たいてい雨雲に隠れて見えないんだけど」

理世が日本で過ごした十四年の中で、何度天の川を見ることができただろうか。

七月七日は雨の日、とでも言いたいほど、毎年雨が降っていた。空はじっとりと雲に覆われ、月の姿すら見えぬ日ばかり。

七夕の雨は織姫の涙ともいうけれど、泣いてばかりいては会えるものも会えないだろうなと、何度も思った。まぁ、晴れていたとしてそこまで美しい星空が見られたかどうかわからないが。

「星の川……素敵ね」

「ねー、ロマンチックだよね」

こちらの世界では、溜め息が出るほど美しい星空がいつも広がっているため、天の川にこだわる必要はなかった。理世はこの七年間、守り人達と繰り返してきた七夕を思い出す。彼らは理世の遊びに、快く付き合ってくれた。

「毎年、その時期になったらお兄ちゃん達と願いごとを紙に書いて川に流して……夜は天の川を探してたんだ」

なんとなく天の川らしきものを見つけると、自分はこの星、テオバルトはあの星と決めて、自分だけが知っている織姫と彦星ごっこを楽しんだものだ。あの頃はまだ、マリウスに言いつけられた日記もしっかり書いていたので、詳しく覚えている。

「……書いてみる？　私達も」

「えっ」

理世は驚いて振り返った。

「でも、テレーズには馴染みがないんじゃ……」

「あら、リヨのお国の習慣なんでしょう？　私もやってみたいわ」

出身地について、追及してくることのないテレーズ。けれど、理世が故郷を懐(なつ)かしみ、恋しがっていることには気付いていていたのだろう。理世が、ぎゅっと服の裾を握った。

「……いい、の？」

「ええ、もちろん」

テレーズはほほ笑み、理世はほっと息を吐いた。

この世界に来てからも、毎年なんとなく行っていた、日本の行事。それは理世に日本との繋がりを感じさせた。やめてしまうのは、本当は心細かったのかもしれない。

露店で紙を調達すると、さっそく二人は文字を書いた。

守(も)り人(びと)達と短冊に願いごとを書いていた時、理世は彼らに七夕(たなばた)の知識がないのをいいことに、短冊は誰にも見せずに川に流すのだと嘘をついた。

しかし、テレーズにはそれを伝えていない。理世は素知(そし)らぬ顔をして近付いた。

「なんて書いたの？」

「ええ、見るの？」

気恥ずかしそうに笑ったテレーズに、理世は「お願い」と手を合わせた。テレーズは頬を赤らめ、少しばかり視線を泳がせた後、観念したように短冊を差し出した。

「――リヨの幸せを、ここに願う……」

「やめて、声に出して読まないで」

さすがに恥ずかしいから。そう言ってテレーズは目を逸らす。彼女は耳まで真っ赤になっていた。

何と言っていいかわからず、理世は言葉に詰まった。

まさか自分にまつわることを書いていたとは。理世は戸惑いながらも、テレーズに感謝を伝える。

「嬉しい、ありがとう。幸せになるからね！」

顔を赤く染めたままのテレーズが反撃に出る。

「リヨはなんて書いたの？」

「見る？」

はいどうぞ、と理世はあっさり短冊を渡す。

「——世界平和……」

テレーズは戸惑うようなしぐさを見せた。

「無難でしょ」

「本気なのかと思った」

苦笑して短冊を返すテレーズに、理世は笑った。

「本気だよ。せっかくヒメミコサマのおかげで元に戻ったんだもん。このままが一番だよ」

「……そうね」

テレーズは理世の言葉に納得したように深くうなずいた。笑顔の裏で、理世は申し訳なさに心を痛めた。

願ったことは嘘ではない。けれど、心底願って書いたわけでもなかったからだ。

理世は、短冊が単なる気休めだと知っている。

「じゃ、舟にして流そっか。私がしてあげる。貸して」

テレーズから短冊を受け取ると、両端を折りたたんで小舟を作る。

――テオバルトと、いつまでも一緒にいられますように。

かつてそう願った少女は、世界平和への祈りを乗せた小舟を川に流した。

「願いごとも済んだし、街に戻ろっか」

「今日はおいしいものでも食べましょう」

「食べる食べる！」

他愛のない話をしながら、二人は街に戻った。

道すがら、理世の耳に聞き慣れた単語が入ってくる。

「姫巫女様がこの街にいるって？」

「なんでも、お忍びらしいぜ」

理世は危うく飛び上がりそうになった。

〝浄化の姫巫女〟として名が立つようになった頃には、理世は厚いヴェールをつけていた。そのため、今の理世を見て姫巫女とすぐに結びつける人は少ないはずだ。

理世は息を何度も吸い込み、今にも倒れそうな顔色をしていた。その隣でテレーズは、特に変わった様子もなく噂話に聞き耳を立てている。

「ご婚約が決まったと聞いたが……」

「一目会えるかねぇ」

「そうだな――一言でもいいから、礼を言えりゃいいなあ」

遠のいていく住民の声は、理世に届かなかった。呼吸困難の一歩手前まできていた理世の肩を、テレーズがぽんぽんと叩く。

「リヨ？」

「あ、え、えっと、テ、テレーズ！　次の街に行かない？　そこ、有名な観光スポットがあるって聞いたんだ」

テレーズが唇を噛む。笑みをこらえるようなその表情にも、動転している理世は気付かない。

「ええ、行きましょうか」

テレーズの明るい笑顔は、天気雨が降った後のきらめく景色をより美しく変えた。

＊＊＊

「コンッ……ゲホッ、ゲホッ……」

ザーザーという雨音に、乾いた咳の音が重なる。窓の向こうは土砂降りの雨。そして部屋の中も、陽気とは言いがたい雰囲気が漂っていた。

「ああ、起きたいのね。ちょっと待って」

宿泊している部屋のベッドの上で布団をかぶり、こんもり山を作っているのは理世だ。そばにいるテレーズが、慌ててカップをサイドボードに置いた。

寝転んだままでは咳がしづらかったのだろう。肘をついて体を起こそうとした理世をテレーズが支える。力強さに安心して、理世は再び咳き込んだ。

「オホンッ……ゴホッ……喉、痛い……」

なんとか声を絞り出す。それを聞いたテレーズが痛ましそうな顔を向けた。

「疲れが出たのね。紅茶を入れてきたから、蜂蜜を入れて飲みましょう」

「それ……好き……」

「よかった」

理世をベッドサイドに座らせると、テレーズは慣れた手つきで蜂蜜紅茶を作る。理世はその光景を、熱に浮かされる頭でぼんやりと見つめていた。

——昨日、雨の中はしゃぐから風邪引いたのよ、って怒らないんだ。

理世は申し訳ないような、嬉しいような気持ちだった。テレーズがかちゃかちゃとスプーンをかきまわす音が響く。

「温めてきた生姜のシロップも入れるわよ」

「辛いから、いや」

「じゃあやめておくわね」

カップの底に指をあてて温かさを確認するテレーズの腰に、理世が抱きついた。当然、体が揺れる。カップから紅茶をこぼさないように気をつけながら、テレーズは理世を見下ろした。

「どうしたの」

「……やっぱり生姜、飲む」

あら、とテレーズが笑う。

「辛いわよ」

「がんばる」

ごほんごほんと咳き込む理世のために、テレーズは生姜シロップを足す。べったり腰にくっついたままの理世がテレーズを見上げた。

「風邪……引いちゃってごめん……」

「気にしないで。慣れない二人旅に疲れが溜まってたのよ」

カップを受け取り、理世が一口紅茶を飲んだ。蜂蜜で幾分まろやかになっているが、やはり生姜のピリリとした辛さを感じる。

「それを飲んだら薬にしましょう」

「薬……」

この世界の薬は、ほとんどが苦い。なのにオブラートもないし、錠剤なんてもってのほか。たとえるなら、まるで泥水のようなものを茶碗いっぱいに飲まなければならないのだ。

「頑張って飲めたら、口直しがあるわよ」

「えー……」

あまり期待せずに、理世は紅茶のカップに口をつける。少しでも薬までの時間を稼ごうとしたのだ。

「桃を市場(いちば)で見つけたの。台所で冷やしてもらってるわ」

「え！　桃！　本当!?」

「ひんやりして、おいしいわよ」

理世はテレーズの言葉に大きくうなずいた。

理世が日本にいた頃、風邪を引いて寝込むと、必ず両親が桃の缶詰を開けてくれた。甘くてちゅるんと口に滑り込むその食感が気持ち良くて、理世の好物だった。

こちらの世界に来たばかりの頃、体調を崩した時に、桃を欲しがったことがある。よく冷えた桃に守り人(もりびと)の優しさを感じ、涙をこらえたことを思い出した。

「テレーズ、桃とお薬、持ってきて」

「はいはい」

手早く用意したテレーズから薬を受け取ると、理世は一気に飲み干した。嫌なことは、さっさと終わらせてしまうに限る。

「あら、まだむけてないのに」

「はやぐ！　はやぐ！」

喉の痛みと口の中の苦味で顔をしかめる理世が、声を嗄(か)らして叫んだ。

テレーズはにこにことほほ笑みながら、桃の皮を包丁でむいていく。みずみずしい白い果肉が、ぽとん、ぽとんと皿に落とされていく様を、理世は固唾(かたず)を呑んで見守った。

「どうぞ、召し上がれ」

テレーズが、手についた果汁を拭(ふ)き取りながら言う。理世は渡されたフォークを桃に突き刺し、口を開けて待った。

理世の意図に気付いたテレーズは一度目を見開き、そして笑った。

「甘えんぼさん」

ふふふ、と理世も笑った。喉の痛みのせいで小さくしか開けられない口に、テレーズが器用に桃を入れる。

「おいひい」

「よかったわね」

じんわりと広がる桃の甘さとテレーズの優しさに浸りながら、理世は桃を次々と頬張っていった。

全てを食べ終えた頃には随分(ずいぶん)と疲れていて、テレーズに支えられながら再び横になる。今までなかった悪寒まで感じ始めていた。

「……ざむい……がらだ、いだぐなってきた」

あまりのつらさに滲む涙をこらえながら言うと、テレーズは布団をもう一枚理世にかけた。力強く背をさすりながら、何度も「大丈夫、すぐによくなる」と声をかけてくれる。

揺れる体が心地いい。大きな愛は、理世に安らぎをくれた。もう大丈夫、眠ればきっとすぐによくなる。そう思った理世は、うんと小さくうなずいた。

「手、繋ぎましょうか」

テレーズが理世を覗き込んだ。そんな子供みたいなこと、と思いながらも、理世がおずおずと差し出した手を、テレーズはしっかりと握った。

日本にいた時、守り人がそばにいた時。風邪を引いた時はいつも、誰かがこんな風にそばで手を繋いでくれていた。

「おやすみなさい、リヨ」

「おやずみ、テレーズ……」

ふんわりとした繭の船に乗ったような気分で、理世は眠りの世界へと旅立つ。

次に目を覚ました時、体調は随分とよくなっていた。

第四章　ずっと憧れ続けた

「気が重い」

「何おっしゃってんすかねぇ、ノリノリのくせに」

似合ってますよ、そのお姿。そう口にした男の足を、テレーズに扮したテオバルトは思いきり踏みつけた。

「いっつぅ～～……！」

よく晴れた日のこと。四季の移ろいが穏やかなこちらの世界でも、薄着の人が増え始めた。それに伴い、洋服を買い足そうと理世を仕立て屋に誘った。

理世が仕立て屋の主人に採寸してもらっている隙に、テレーズは店の外に出て、第三王子が遣わした男と言葉を交わしていた。

「大体、酒場までならともかく、宿にまで乗り込んでくるとは何事だ。おまけに、姫巫女と同じだなんて彼女に言って……」

この男は、以前に酒場でテレーズに第三王子の伝言を伝えた者だ。また宿屋で吟遊詩人のフリをしてリュートを奏でていたのも彼である。テレーズは男の足を再びぐりぐりと踏みつけた。

「いててて……。あっしもねぇ、あんまり表にゃ出たくないんですけど。仕方ないでしょう。殿下の命なんですから」

テレーズの背後で、平凡な顔をした男が足をさする。

「しかし、そろそろふた月。ご親友様の堪忍袋もパンパンですぜ」

理世が出奔したせいで各方面への対応に追われるルーカスを、テレーズはありありと想像できた。早く理世を連れて帰れと暗にほのめかす男にテレーズは笑う。

「善処しよう」

「ほらきた！　これなもんだから、こんな仕事したくなかった！」

小声で悲鳴を上げる男に、テレーズは厳しい顔をして聞いた。

「神殿はどうしてる」

「……化石みたいなじじ様方はごまかせても、やはり守り人は難しいですね。七年の間に何があったか知りませんけど、まあ動物並の嗅覚で。お嬢さんの滞在場所を教えてくれれば自らが赴くと、毎日毎日城を訪れてやしてね」

「……仕方がない。彼女は、マリウスによく懐いていた」

神殿の代表者でもある神官マリウスの顔を思い出し、テレーズは深い溜め息をついた。

天使の笑顔を持つ神官マリウス。二人はひときわ仲が良かった。今思えば、彼が同い年だったからこその気安さもあったのだろう。

理世の世話係として抜擢されたマリウスは、守り人の中で唯一邪気の有無を見分けられるため、必然的に理世との会話も増える。二人は一緒にいることが多かった。

彼の清廉とした笑顔も、理世の警戒心を解く鍵だったのだろう。圧力にも屈せず、涼しい笑顔で城に通う姿が鮮明に脳裏に浮かび、テレーズはまた大きく息を吐いた。

この旅の間、テレーズは意図して、各地に点在する神殿を避けて理世をエスコートしていた。おかげで理世の頭には今、神殿のことなど微塵も浮かんでいないに違いない。意識させないためには、話題に上らせてもならないのだ。

里心がつく程度ならばいい。そのまま城に帰ればいいだけだ。ただもし、理世が城ではなく神殿へ行きたいと、自分以外の守り人の誰かを頼りたいと言った時――

城に身を置く騎士として、守り人として――そして、一人の男として。どこまで理世の意志を優先できるのか、まったくと言っていいほど自分に自信がなかった。

「しかし、お嬢さんはなかなか結構なお転婆だ。酒場で踊り出すとは娼婦のようだと思いやしたが……あの踊りじゃ女としてまだまだだ」

男は下品な笑みを浮かべている。テレーズはにこりと笑って男を見下ろした。

「最近剣をふるっていない。少し腕が鈍っているかもしれないが――なに、介錯ぐらいはできるだろう」

「おーっと、あっしはそろそろ失礼しますぜっ」

男は連絡事項の書かれた手紙を胸元から取り出し、テレーズに押しつけた。足早に立ち去ろうとする男に、テレーズは呼びかける。

「待て。姫巫女の噂が立っている。君も注意しておいてくれ」

「承知しやした。じゃあ、また一週間後に。その頃にはいい加減、腹くくらせておいてくだせえよ」

男の言葉にテレーズは片手を上げた。そのつれない態度に一つ息を吐くと、男は雑踏の中へと消える。

あまり遅くなってはいけない。大急ぎで理世のもとへ戻ろうとしたその時、仕立て屋の奥から甲高い悲鳴が聞こえた。

テレーズは腰に下げた剣に手を添えると、店へと駆け込んだ。バンッと大きな音を立てて試着室のドアを開ける。そこには、下着一枚で女店員と格闘する理世の姿があった。

「テ、テレーズ！　どこ行ってたのっ、た、たすけ、助けてっ！」

「お嬢様、私はお客様よりこう仰せつかっております。『念入りな採寸を』と！　下着があっては確かな寸法が取れません。さあ、全てを解き放つのです、我々に全て、身を委ねて！」

「テレーズ‼」

シュミーズを両手で抱き締め、追いすがる店員を足で撥ねのけようとしている理世が涙目で呼んだ。その光景を見て、肩の力を抜く。

「……採寸は、シュミーズの上からで結構よ。それと、誂える時間はないの。既製品を選ぶだけだから、勘弁してちょうだいね」

「そんなぁ……久しぶりに腕を振るうチャンスと思ったのにぃ……」

ガクリ、と肩を落とした店員から、理世がたたたと逃げてきた。テレーズの腕の中にくるりと自分を潜り込ませる。店員から目を離すのが怖いのか、顔は前を向いたままだった。

「テレーズ、遅いっ！　どこ行ってたのっ！　便秘!?」

「……乙女がそんなこと言っちゃ駄目よ」

見下ろしてそう言っても、こちらに目線を向けぬまま、理世は唇を尖らせている。

「いつもは自分が離れるなって言ってるくせに！」

まったく信じられんわ、とぶつぶつ呟く理世の声が、遠く感じる。

細い首、しなやかな肩。シュミーズから覗く薄い二つの隆起。

テレーズは、瞬時に顔を背ける。首の太さや肩幅を隠すために巻いていたショールを外し、理世に巻きつけた。

「テレーズ？」

理世の顔を見られずに、テレーズは店員に話しかけた。

「この子が着ていた服は？」

「そちらの棚にありますぅ」

床にひれ伏しまだ泣いている店員は放っておき、理世にテキパキと服を着せる。

「ねぇ、今回はどんなの買う？　私、入り口に飾られてたのがかわいいなって思ってさあ」

「あれはちょっと、肩が出すぎじゃない？」

「え？」

理世は目を丸くした。それもそのはず。テレーズはいつも、デザインを重視した服装に寛容だった。理世の好みに口を挟んだことなど、もちろんない。

「……じゃあ、店員さんが着てるのは？」

「あれもちょっと生地が薄いわね」

「ちょちょちょ、テレーズ。なんでお兄ちゃん達みたいなこと言い出したの……!?」

どうしたの、テレーズ！　と慌てる理世に、ほほ笑むだけで何も言わなかった。いや、言えなかった。理世の肌の白さに、まろやかな体に、自分でもどうしようもないほど、動揺していたのだから。

店を出る頃には、いつも通りの冷静なテレーズの顔を取り戻していた。一方の理世は不満げだ。

「……夏に向けての服を買いに来たはずなんですけど？」

袋の中にある服は、今着ているものと大差ない。それどころか、より布面積が広がっている気がする。

理世はじとっとテレーズを睨んだ。

「ごめんなさい、でももうすぐゼニスに着くから。あそこは港町で潮風もあるし、リヨの肌が負けちゃうでしょう？」

「洗えばかぶれないと思うけど……ううむ。そう言うなら……」

文句を言いながらも、理世はまた丸め込まれる。

「ねえ、次はあっち行こう」

そして次の瞬間にはケロリとして、テレーズの腕を引っ張った。

「前に来た時はね、あそこで私が牛の隊列を通せんぼしちゃって、堅物（かたぶつ）お兄ちゃんに怒られてさあ。マリウス君が何とか取り成してくれたんだけど」

この街は浄化の旅でも訪れた場所で、その騒動のせいか、理世はよく覚えていた。

彼女の記憶に残るテオバルト達はいつも優しく親切で、彼女の身を案じている。本人もそのことに感謝し、信頼を寄せているようだった。テオバルト達の話を理世が語る様子は、とても好ましかった。

「その後、マリウス君ったら——あ、神官のお兄ちゃんのことね。マリウス君ったらなんでか食事中に笑顔でスプーンを突き刺してきてさ……ほっぺにだよ!?　けど天使みたいにかわいいから何も言えなくて……」

左腕に理世の体重がかかって心地いい。このままテオバルトの時にしていたように、理世を抱き上げて腕に抱え、街を練り歩けば、彼女は喜ぶだろうか。子猿みたいにはしゃぐだろうか。その様子を想像して、テレーズはふふふと笑った。

　理世も嬉しくなったのか、顔を上げて同じように笑う。身長差が四十センチもあるため、理世の首はほぼ垂直に折れ曲がっている。そんな彼女がまたかわいくて、テオバルトは彼女の頭を押さえつけるようにして撫(な)でた。

「ふふ、子猿ちゃん」

「またそれ」

「あらいいじゃない、子猿。かわいいのに」

「じゃあテレーズは親猿でいいの？」

「いいわけないでしょ」

「矛盾って言葉、知ってます!?」

　憮然(ぶぜん)とする理世に、あえてほほ笑みかけた。〝親〟だなんて、どの口が言うのだ。一度は結婚を求めた相手に。

　テレーズの胸中など知る由(よし)もない理世は、自らの両手を眺めて言う。

「……私、もうこれ以上、大きくならないのかなあ」

　ポツリとこぼされた理世の言葉に、ほほ笑んだまま理世を見下ろした。

「どうしてそんなに急いで大きくなりたいの？」

　心底不思議だった。テレーズは、理世がこれ以上大きくなる必要はないと、本気で思っているからだ。

理世が小さく笑った。

「好きな人がいたの」

聞いた途端に、テレーズがピクリと体を強張らせる。

旅をした六人のうち、誰よりもテオバルトに懐いていた理世。彼女が自分に恋をしていることは明白だった。けれどテオバルトは、それを全て黙殺し、何も気付いていないふりをした。

理世が笑顔で駆け寄ってきた時に頭を撫で、ルーカスにからかわれている時に庇い、マリウスが出す宿題に泣かされた時に慰める。それでいいと思っていた。

結婚の話が出た時は、ついに来たかと思っただけで、断る気などなかった。守り人から夫へ。形こそ変わるが、これからも自分が理世を守っていくのだと、そう思っていた。

理世と自分の関係は何も変わらない。そう信じていた。

理世はテレーズの手にするりと腕を絡める。そして、まるで目線の先にその人物がいるように、焦がれるように——悲しげな目で、ポツリと打ち明ける。

「ま、振られちゃったんだけど」

一瞬、理世が何を言っているのかわからなかった。

「その理由はね、子供っぽいから、だって」

そう続けた理世を見下ろしたが、彼女は目を合わせようとしない。一心に、前だけを見ていた。

一度だって、テオバルトが理世を拒絶したことはなかった。彼女の無鉄砲さも無邪気さも、そして幼さからくる甘えも。もちろん、振った覚えなどあるはずがない。

逃げ出したのは理世だ。その理由を、テオバルトはまだ知らない。

理世に問いかけるため、口を開く。しかし続いた声は、みっともないほど掠れていた。

「それで、旅に？」

「そう」

「それじゃあ……」

ふと思った。

最初から、彼女の好きな相手が自分じゃなかったのなら？

テオバルトとの結婚は、理世の真実の恋の、隠れ蓑に過ぎなかったのなら？

もしかすると、慕う相手が既婚者だったのかもしれない。何らかの事情で共になれない相手だったのかもしれない。

叶わない恋の相手——すぐに浮かんだのは、同じ守り人であり、自身にとっても気安い友人のルーカスである。彼にはすでに、十人を超える婚約者候補が列をなしている。条件的には不利と考えるだろう。

彼女がルーカスに懸想しているようには思えなかった。だが、その気持ちを押し隠していたのなら——

「テレーズ？」

胸が押しつぶされたかのように、言葉が出ない。息さえもできない気がして、テレーズは必死に酸素を求めた。

ひくつく喉で空気を吸う。テレーズは一つ深呼吸をすると、努めて冷静に声を吐きだした。

「どんな人だったの？」

「んー……そうだなあ。テレーズの隣が似合いそうな人、かなぁ」

わけもわからず、テレーズは眉をひそめて天を見上げた。

自分に似合う男と聞いて、鳥肌が立ちそうになるのを懸命に抑える。隣にどんな男が立ったところで、気色悪い以外の言葉が出ない。

ルーカスの身長は、自分より目線ひとつぶん低い。かつ、紅顔の美青年。テレーズの隣が似合うとは思えなかった。いや、正確に言えば、思いたくなかった。

「振られちゃったの。だから、いっぱい優しくして。慰めて」

男を誘う常套句を、理世は平気で放った。テレーズを心の底から、女だと信じ込んでいるからだろう。抱きついてくる理世の背を、放心状態で撫でる。

理世は無邪気ではあったが、浄化の旅の間、自分からスキンシップをはかってくることはなかった。それは守り人全員が男だったからかもしれない。彼女は無邪気でありながら、そういう線引きをきちんとしていた。

その理世が、テレーズには遠慮しない。腕を絡ませ、頬を寄せ合い、吐息が触れ合うほどの近さで愛をねだる。男だなんて微塵も思ってないからだ。

どこで覚えてきたのだと、心のままに責め立てたかった。

傷ついた動物のように、理世がテレーズに顔をすり寄せて甘える。そんな理世をかわいいと思う気持ちより、腹立ちのほうが大きかった。少し力加減を間違えれば、このまま理世の小さな頭を握りつぶしてしまいそうなほど。

他の男のことが好きで、今も引きずっている彼女。女性であるテレーズに警戒心を解き、甘えてくる理世を、感情のまま振り払いたくてたまらなかった。

あの目はなんだった。あの声は、あの仕草は。全身で自分を好きだと伝えていた、あの様子はなんだったのか。

渦巻く怒りが、うまく制御できない。何か言葉を発したら最後、理世を傷つけてしまいそうで、悟られないように奥歯を噛み締めた。

理世の知っている人間は随分と限られる。好きになるほど近くにいたとするならば、守り人と考えてまず間違いはないだろう。ルーカスでなければ、神官であるマリウスか。天使のほほ笑みを宿す美しい青年は、理世とかなり仲がよかった。そして、神殿に属する彼と結婚できない理由も容易に想像がつく。神職であるマリウスは、結婚が許されていないのだ。

先ほど懸念していたことがもう現実になるのかと、テレーズは拳を握り締めた。頭に、気持ちがついていかない。こんな状態のまま、理世を他の男に任せることができるとは、到底思えなかった。

仲の良さで言えば、同じ騎士として守り人(もりびと)を務めたセベリノもいる。二人が会話をしていると、子猿が二匹いるようでほほ笑ましかった。

テレーズはそっと息を吐いた。これ以上、考えても仕方ない。自嘲(じちょう)したいのを隠して理世に向き合った。

「つらいわね」

「うん……でも、テレーズがいるから。今はそんなことない。あ、でも好きになっちゃ駄目なんだっけ？　そう言ってたよね」

ごめんね、と冗談めかして理世がぺろりと舌を出す。

白い肌に映(は)える珊瑚(さんご)色の舌に、一瞬にしてテレーズは吸い寄せられた。

まるで熱に浮かされたように、理世の頬に手を添えて――動きを止める。

「テレーズ？」

――そんなわけがない。

理世の顔は、呆れるほど幼かった。いつも見ていた、子猿の顔そのものである。

しかし、きょとんと首を傾(かし)げる無垢(むく)な姿の裏で、切ない恋に焦(こ)がれ、大人の顔で無邪気に振る舞う健気(けなげ)さを知った。

そして、ちらりと見えた艶(なま)めかしい色に、一瞬息をするのも忘れたなんて――そんなわけが。

「――かわいいリヨ、あなたが大事よ」

「ありがとう」

何度も、何度も。まるで言い聞かせるようにテレーズは「かわいい」と口にした。その実、何を、誰に言い聞かせているのか、はっきりとわからなかった。ただ、今口にしなければ、二度と言えなくなると感じた。

もし、「かわいい」と彼女に向かって言えなくなったら――本気だと認めなくてはいけないのだろう。

紙の小舟に乗せた願いを、口にも乗せる。

「きっと幸せになれるよう、私がお手伝いするから」

＊＊＊

「ねえ、テレーズはお風呂、どうしてるの？」

宿で剣の手入れをしていたテレーズに、理世がそう尋ねた。二人ともすでに寝間着に着替えていて、あとは布団に入るだけだ。

理世は浄化の旅の最中も、入浴の習慣を欠かさなかった。しかし、理世の望むような風呂を用意することは難しく、貴族の館に宿泊する時に湯に浸かれたら運がいいと言える。街にある大衆浴場の大半は、サウナ式だったからだ。

最初のうちはすぐに熱さに音を上げていた理世だが、しばらくすると慣れて、気に入ったようだった。今回の旅でも、理世はよく風呂をねだる。そのたびに一緒に入ろうと誘う理世を、笑ってかわしていた。そして、七年間の旅でも常にそうあったように、テレーズはいつも店の前に立って理世を待った。

「リヨが寂しくないように、寝入った後に湯をもらってるわ」

理世が寝つくまでは気を抜けない。最近は布団に引きずり込まれてしまうので、早朝に身支度するよう体のリズムを整えていた。

「でもさ、このお宿、浴場があるって言ってたよね。一緒に入ろ。いつもお世話になってるお礼に、背中流すよ！　あ、しょうがないから髪の毛も洗ってあげよう。長いから、いつも大変でしょ？」

全くこのお嬢様ときたら。裸に引んむいて逆さ吊りにしてさしあげましょうか。

テレーズは笑顔でその言葉を呑み込んだ。

理世に対してこんな風に思ったことは、一度や二度ではない。彼女は本気でテレーズを女だと信じ込んでいた。

いくらなんでも鈍（にぶ）すぎるだろう。理世の純粋な好意を目の当たりにするたび、そう思った。気付いてほしくないと思っているのに、気付かない理世にいら立つ。どうしていいかわからないのだと、詰め寄りたくなる。

変装をしているとはいえ、自分は密偵として訓練を受けているわけではない。見た目が変わっただけで、七年もそばにいた人間が、本当にわからないものだろうか。それとも——それほど自分に興味がなかったのだろうか。

そうなのかもしれないと、感じ始めていた。

理世が無邪気なだけではないと知った今、自分を隠れ蓑に使っていた可能性は否定できない。

あの瞳が、声が、温かさが。全て演技なのだとしたら——きっと自分はもう、一人で立ち上がることもできなくなるくらい、ショックを受けるに違いない。

結局、根負けをしたのはテレーズだった。勝負にもならない。自分は、理世に勝てるようにできていないのだ。

傷だらけの体を見せたくない、と嘘の理由を告げると、理世はこの世の不幸全てを目にしたかのような顔をした。すごすごと引き下がる理世はあまりにも不憫で、結局「手だけなら」と差し出した。理世はそれを、宝物のように嬉しそうに拭いている。

「お湯加減いかがっすか〜、お客さん」

手拭いを濡らし、小さな手で絞っては、指の一本一本、爪の溝まで。テレーズはむず痒さとは別の感覚を我慢するために、心の中で王国騎士団の心得を読み上げていた。

「ふぅ。よし、こんなもんで許してやろう」

二十四回目の復唱を終えたところで、理世がテレーズの手を離した。

「ありがとう」

「どういたしまして！　またいつでも言ってね」

「ええ。もう二度と、結構よ」

えっ、なんで⁉　と叫ぶ理世に、テレーズは有無を言わさぬ笑顔を返した。

この笑顔、そして自分の外見が人より秀でていることは、十分に自覚している。

その外見のために、物心つく前から、姉の着せ替え人形だった。

ずっと弟か妹が欲しかったという姉は、率先して彼の世話をした。貴族の子供は乳母が育てるのが慣例だというのに、姉は小さな手で、首も据わらぬ赤子の頃から、ずっとテオバルトをかわいがった。寝返りさえも姉の手を借りてできるようになったと聞かされている。テオバルトが姉に全幅の信頼を置くようになったことも、当然の流れであった。

幼少期のテオバルトは、妖精かと見紛う愛らしさで、花よりも可憐なそのほほ笑みは周りの人全てを魅了した。

そして、姉の中の悪魔をも覚醒させた。

彼女は自分が小さな頃に着ていた服を引っ張り出し、テオバルトに着せて遊ぶようになったのだ。

「テレーズ」誕生の瞬間である。

最初こそ悲鳴を上げていた両親であったが、テレーズの美しさに、皆すぐひれ伏した。「たまにだったら」という免罪符を与えられ、姉はテレーズを磨き上げることに余念がなかった。

そして、テオバルトはというと――あまりにも幼い頃から頻繁にテレーズへと変身させられていたため、年頃になってルーカスから指摘されるまで、それがおかしいと気付くことがなかった。

そして成長するにつれ、テオバルトは自分の顔の使い方を学んでいく。テレーズに扮した時はもちろん、テオバルトの時も彼のほほ笑みは有用だった。

大人は甘くなり、小さな子供も皆、自分の虜。テオバルトが笑顔一つで周囲を掌握するのに、時間はかからなかった。

だからこそ、理世にそれが効かなかった時は驚いたものだ。

彼女がこの世界に落ちてきた時、テオバルトは庭園を散歩するルーカスの護衛についていた。何かが勢いよく噴水に落下する水音。慌てて引き揚げた不審者は、警戒するのも愚かしいほどみすぼらしく、幼かった。

まるで小さな子猿が一匹、群れからはぐれ、人間に囲まれたかのようであった。とにかく、取り乱し方が尋常ではなかった。

大人であればそのまま連行するところだが、相手は骨と皮だけの子猿。とにかく落ち着かせるのが先決だと、テオバルトは誰をも惹きつける最終奥義の笑みを繰り出した。

――そして、泣かれてしまったのである。

今まで一度もなかった反応に驚き、憧れに近いものを感じたのだと思う。感銘を受けたと言ってもいい。

幼馴染みであるあのルーカスでさえ、テオバルトにほほ笑まれると敵わないというのに。テオバルトの笑顔に屈しなかった理世が、まぶしくてたまらなかった。

きっと理世はその瞬間から、テオバルトにとって気になる存在となったのだ。

その後、理世の地位が明確になると周りの反応は明らかに変わった。テオバルトも、常に甘く、優しく理世に接した。もう二度と、泣かせないようにと。

――しかし、甘やかしすぎたのかもしれない。

＊　＊　＊

テオバルトは、あまりにも無防備な理世を前に、こぼれそうな溜め息を押し殺した。

二人旅において、晩酌もすっかり定着した。昼間に買っておいた酒の中から、その日の気分で理世が選ぶ。舐める程度の彼女の代わりに、ほとんどをテレーズが空にしていた。

ある夜、テレーズはいつものように宿の食堂で、つまみを分けてもらった。宿代に心づけを加えて渡せば、大抵の宿は機嫌よく応じてくれる。

台所からもらったものは、理世の好きな干し果実とチーズ。そして鳥肉の燻製。確か、部屋にバゲットがあるはずだ。カナッペを作ろう。理世の反応を想像しながら、ドアを開けた。

「リヨ、おつまみをもらって――」

そこには、窓辺に腰かけ、外を見つめる理世がいた。白い肌が夜の闇に映える。

きれいだ、と思った。しかし、胸に一瞬よぎった気持ちには気付かれぬように、柔らかく笑う。

「王都を見ていたの？」

振り返った理世は苦笑した。

「そろそろ恋しい？」

なんでもないように、バゲットをナイフで切りながら聞く。理世は「意地悪言わないで」と近付いた。

「危ないわよ」

「大丈夫、触らないよ」

「塩を取ってくれる？　それとハーブも」

「うん」

理世が荷物から目当ての品を取り出して渡すと、テレーズは手早くカナッペを作った。

ベッドと椅子にそれぞれ座った理世とテレーズの距離は近い。薄闇の中、少しでも肌が触れれば、これまで保っていた均衡が崩れる危険をテレーズは感じていた。

「おいしそー。ねえ、レーズンをもらっていい？」

「どうぞ」

「テレーズ、おいしい」

「よかった」

カナッペを頬張り、酒を舐め、理世は目尻を下げて笑った。

「テレーズ、テレーズ」

理世が自分を求める声を聞くと、たゆたう熱に身を任せたくなる。

「テレーズの手、おっきいよね。私と全然違う……。ね、触っていい？」

肌が触れ合うほど近くにある体を、押し倒してしまいたい——その衝動を、テオバルトは笑顔一つで隠し通した。

そして、小さく頭を振る。それを見て理世は「そっか、ごめんね」と従順に引き下がる。

その後、理世は寝台であっさり酔いつぶれた。

テレーズは、しっとりとした彼女の頬にそっと触れる。

気付かれてはならない。気付いてほしい。

「リヨ」

テオバルトの声で初めて口にした、彼女の名前。

「リヨ」

目を開き、こちらを見てほしい。

泣かれてもいいから。あなたが私を見てくれるなら、それでいい。

——いや、やはり駄目だ、絶対に起きないでくれ。

あなたの信頼を失いたくない。誰よりも近い距離を、もう二度と手放したくない。

「……ん」

眠りが浅かったのか、理世はうっすら目を開けた。テレーズは動くことすらできず、ただ理世を見下ろしている。

「……て」

口が開いて、ドキリと心が揺れる。

「れーず……？」

寝ぼけた声で理世が呼んだのは、テレーズの名だった。

笑ったつもりだったが、うまく笑えていたかはわからない。

「ど、したの」

驚いた理世が起き上がろうとするのを、テレーズは瞬時に防いだ。理世の目を片手で覆い、頭を撫でる。

「いいえ、何も。月に抱かれ、星に見守られ、よく眠れますように」

理世はそれ以上、問い詰めてこようとはしなかった。

彼女の寝息が再び聞こえて、手をそっと離す。

早く朝が来ればいい。胸に溜まるこの気持ちを、太陽が焼き尽くしてくれるはずだから。

第五章　震える足では

数日後のことだった。

いつものように晩酌を楽しんでから眠りについたのだが、「んうぅ……」と押し殺すような声が聞こえて、テレーズは瞼（まぶた）を開いた。

ああ、姫巫女が泣いている。懐（なつ）かしさに、夢か現実かしばしの間迷った。

幼かった理世は、浄化の旅でもよく泣いていた。

しかし、他の仲間に聞いても見たことがないと言うから、テオバルトがそばについていた夜だけだったらしい。

そして今、理世はテレーズの夜着を握っている。酒で緊張感が緩み、寂しさが胸を突いたのだろう。床に座り込んでいたテレーズは、声をかけるかどうか迷った末にそっと立ち上がった。

ベッドに腰かけ、理世の背中を撫（な）でると、彼女はテレーズの太ももに顔を押しつけてきた。まだ少し寝ぼけているようだ。

「どうしたの、悲しい夢でも見た？」

昔の理世が泣いていた理由はいくつもある。この世界が怖くて慣れないとか、故郷が恋しいとか。

しかし今はもうそれも落ち着き、この世界を愛してくれているはずだ。

その理世がこれほど心乱れる理由があるとすれば、片思いをしている相手のことに違いない。

「ごめんなさい、私……」

「ええ」

「逃げてきたの……」

予期していたものとは違う言葉に面食らった。

「お兄ちゃん達に、なんにも言わないで……。謝って、許してもらえるのか、今頃不安になって……」

胸が熱くなる。理世は自分達を捨てたわけではなかったらしい。夜に突然泣き出してしまうほど、彼女もずっと苦しんでいたのだ。

「きっと、お父さんも、お母さんも、呆れてるよね……」

しゃくり上げて泣く理世を落ち着かせるために、テレーズは背中を撫で続けた。

元の世界にいるはずの両親のことを、彼女はずっと気にかけていた。

理世の頬を流れる涙をテレーズが拭う。

「いいえ、リヨはよく頑張ったわ。きっとご両親も、誇らしく思ってる」

七年という長い歳月の間、理世の頑張りをずっとそばで見てきた。

不自然にならない程度に声を低くして、「テオバルト」の思いを伝えた。今ここで、「テレーズ」

として言えることは何もないからだ。

理世の目が、「本当?」と訴えている。

「本当よ。私が言うんだもの、当たり前じゃない」

それを聞いて安心したのか、理世は顔をくしゃくしゃにして笑った。

背中を撫でられるリズムが心地よくて、次第に落ち着いてきたのだろう。理世は眠気をにじませながらポツリと呟いた。

「あの人も、きっと……こんなに弱くて身勝手じゃ、呆れてる……」

テレーズの手が動きを止める。

一気に胸に広がった感情をなんと呼ぶのか、テレーズは理解している。

「リヨの弱さを受け止められない男なんて、リヨにはもったいないわ」

「そんなことない、素敵な人だよ」

嫉妬だ。自分は、理世が口にした「あの人」に、言いようのない嫉妬を感じたのだ。

「ちょっとだけ、出てくるわね」

気付けばそう口にしていた。涙にくれる彼女を一人にしてはいけないとわかっているのに、我慢ができなかった。

腰を浮かせたテレーズに、理世が慌てて抱きつく。

「待って、テレーズ。ごめんなさい。怒ったの? 待って、すぐ、ちゃんとするから。弱くてごめんなさい」

震える手で強くしがみつく理世を見て、テレーズは愕然とする。顔を真っ赤にして自分の腰に巻きつき、瞳を涙に濡らして懇願する理世のかわいさに。

想定していたことだった。強く突き放せば、彼女が「あの人」を頭の中から追い出し、自分を見ることは。

想定外だったのは、自分の気持ちだ。これほど、彼女への思いが深まっていたなんて——己の行動が間違っていたことを、まざまざと思い知らされた。恋の駆け引きなんて、好きな男のいる女にすることじゃなかった。こんなかわいさを見せつけられても、どうしようもないというのに。

困ったと思えど、もう溜め息をつくことも、手を振り払うこともできない。

テレーズがベッドに腰かけると、理世はホッとした様子を見せる。背中に当たる彼女の温もりにすら、テレーズは反応しそうになった。

「……リヨ——」

テレーズは、息を細く吐き出した。

「寝ましょう。大丈夫、ずっと横にいるから」

笑顔の仮面を張りつけ、荒ぶる衝動を理性でねじ伏せる。

「ごめんね」

「いいのよ」

「もう怒ってない？」

「ええ」

「ごめんね、面倒な奴で……」

「そんなこと思うわけないじゃない」

どれだけ夜に泣かれても、どれだけ甘えられても、どれだけ恋焦がれる瞳で見つめられても、一度たりとも、彼女を嫌だと思ったことはなかった。

それがどれだけ特別なことか、きっと自分は、とっくに知っていたのだ。

「……あのね、テレーズ」

「なあに？」

「大好き。離れないでね」

こんなにかわいい存在に、こんな風に愛を告白されて、断れる外道などこの世にいるのだろうか。

早く正体を明かし、王城への帰還を促すべきだともちろんわかっている。もう二ヶ月近くたっているのだ。これ以上引き延ばすわけにはいかない。

「もちろんよ、かわいい子猿ちゃん。さぁ、寝ましょうね」

「またそれ」

もー、と笑う理世の目はすでにトロンとしている。

それに、今ならまだ、理世と片思いの男の仲を取り持ち、祝福できるはずだ。

テレーズは、自分にそう言い聞かせた。

＊　＊　＊

王都を飛び出してから二ヶ月以上がたち、夏は盛りを迎えたが、理世は変わらず気ままな旅を満喫していた。

街から街へ、宿から宿へと渡り歩く理世とテレーズの二人が、ようやくゼニスの手前の街まで到着した日のこと。

「お客さん。これ預かってたんで」

どうぞ、と宿の主人が理世に一通の封筒を差し出した。旅先だというのに、私あてとはどういうことだろう——。不思議に思いながら差出人の名前を見た瞬間、理世の顔が凍りついた。

テレーズの腕を取り、階段を駆け上がる。部屋に入ってドアを乱暴に閉めると、理世はその場にへたり込んだ。震える足を撫でながら、よくここまで上ってこれたものだと自分で感心する。

「リヨ？」

テレーズが目を丸くしながら理世を見つめていた。

ぎゅっと唇を噛む。

「……手紙が、きたの」

「ええ」

「……テオバルト、から……」

混乱している理世は、名前をそのまま口にした。テレーズの肩が一瞬ビクリと震えたが、すぐに理世の隣へと動く。

「テオバルト……デッツェン……」

訝(いぶか)しげなテレーズの声にハッとしてから、理世はぎゅっと首をすくめた。

久しぶりに耳にする、彼の名前。たったそれだけで、こんなに自分は動揺している。

何が書かれているのか。罵倒(ばとう)だろうか。何も告げずに、何も知らせずに逃げ出したくせに、彼に嫌われるのが、何よりも恐ろしかった。

「お願い。中を見るの、怖くて。一緒にいて」

「もちろんよ」

テレーズの力強い言葉に、理世は少しだけ呼吸が楽になった気がした。テレーズに封を開けてもらい、中身の便箋(びんせん)を開く。桃色で、いい香りがするそこには、こう綴(つづ)られていた。

『アリサ、どこにいる？　体は無事かい？　皆心配してる。皆が君を待ってる。もちろん私も。早く帰っておいで、愛しい私のお姫様』

どこまでも、理世をいたわる文面。優しくて甘い言葉の羅列(られつ)に、理世は唇を震わせ、ぽろりと涙をこぼした。

手紙が濡れてしまわないように、慌てて閉じる。折り目通りに丁寧にたたんで、再び封筒にしまう。宝物のように手紙を抱き締める理世を、テレーズは苦々しい顔で見つめた。

「こんなことをしでかすとは……待ちきれなかったか」

テレーズの小さな呟きは、感極まって泣く理世の耳には届かない。

「どうしよう、テレーズ……」

胸から溢れる喜びを抑え切れずに、理世はテレーズにしがみついた。

テオバルトの言葉が、こんなにも嬉しいなんて。私は、やっぱりどうしても彼から離れることはできないんだろう。

そう思ってテレーズを見た瞬間、理世は思いがけず言葉を失った。テオバルトへの愛の深さを痛感しているのに、戸惑ってもいる。なぜなら、テレーズへ向ける感情との違いがわからないと感じたからだ。

「帰ってこいって？」

「うん……」

「帰るの？」

テレーズに聞かれて、理世はしばらく沈黙してから答えた。

「……本当はずっと、決めてたの」

ぐす、と理世は鼻をすすった。

「私、世間知らずで、わからないこともわからないまま過ごしてた」

旅に出て、自分がどれほど無知で無力だったのかを知った。

そして、それがどれほど危ういことか、理世は一人になってようやく気付いた。

「けど、それがわかったから——目標を達成したら、帰ろうって」

そう決めてたの。小さく呟いた理世の言葉を、テレーズはきちんと聞いていた。

自分から逃げ出したというのに、本当はずっと——戻りたかった。自分の帰る場所はすでに日本ではなく、守り人達のいる場所なのだと、理世は考えていた。そして——自らが救ったこの世界で生きようと、この旅の間に思えるようになったのだ。

「目標って？」

「ご飯の注文と、勘定。宿に泊まる時の記帳。それから——ゼニスに、行くこと」

そうしたら、旅を終えようと思っていた。

テレーズが静かな声で尋ねる。

「じゃあ、ゼニスでお別れなのかしら」

顔を上げた理世がまた泣き出しそうで、テレーズは笑う。

「安心して。ちゃんと王都まで送り届けるわ」

理世はテレーズの服の裾を握った。いつか別れが来るとわかっていたけれど、想像するだけでこんなにつらい。

「テレー……」

彼女の名を呼ぼうとした瞬間、唐突にルーカスとテオバルトの会話を思い出した。

『テレーズはどうするつもりだ』

『彼女にはご退場願うしかないだろう』

『美女なのに、残念だな。アリサのほうを断るという手は？』

理世は手紙とテレーズを交互に見た。テレーズは、驚きのあまり固まる理世に首を傾げている。

どうして何度も、テレーズを見てテオバルトの面影や雰囲気が重なったのか。その理由がようやくわかった。

長年連れ添った仲のいい夫婦は、笑顔がそっくりになるという。

笑いのツボ、話題、相槌を打つタイミング。全てが似てくると。

きっと、食べ物の好みや酒の飲み方だって似るのだろう。

なんということだろうか。私は、愛し合う恋人同士であったテレーズとテオバルトを、引き裂いてしまうところだったのだ。理世は自分のしでかした罪の重さを知る。

『私は、婚約者と仲違いをしてしまって。頭を冷やす時間が必要だと思って暇を願い出たの』

彼は、テレーズが好きだった。それじゃあ、私は子猿にしか見えないわけだ。

テレーズは、自分の婚約者に横恋慕した小娘が私だと気付いているのだろうか。

苦しくて、胸がつかえる。

テオバルトに嫌われるのと同じほど――もしかすると、それ以上に、彼女に嫌われるほうが怖いかもしれない。

「テレーズ、これ……」

理世は震える手で、手紙を差し出した。テレーズは不思議そうな顔をしながらも受け取る。

「テレーズ……ごめんなさい、私、ごめんなさい……」

青ざめてカタカタと震える理世を心配して、テレーズは彼女の肩に触れる。

「リヨ？」

「ごめんなさい。迷惑も、たくさんかけて……謝って済むことじゃないかもしれないけど、本当にごめんなさい……私、なんてことを……もうここで、お別れ、しなきゃ……」

「リヨ」

力強くテレーズに呼びかけられ、理世はハッと顔を上げた。

「なぜ急に、そんなことを言い出すの？」

「……だって、私と一緒にいるの、嫌でしょ……？」

「どうしてそんなことを思ったの」

テレーズが呆れたように笑うのを見て、理世が瞳を潤ませる。

「だって、私」

言葉を詰まらせてまごつく理世を、テレーズは辛抱強く待った。

「私、浄化の姫巫女だってこと、ずっとテレーズに隠してて……」

「え、そんなこと？」

「そ、そんなことって……」

「だってそんなこと、今さらだもの。リヨはリヨでしょ。嫌だとか、面倒だと思ったことなんて一度もないのよ」

一度もね。繰り返されたテレーズの言葉を聞いて、胸が詰まった。

「本当？」

「ええ」

「ごめんなさい。甘えちゃいけないって、ちゃんとわかってるんだけど」

「私に甘えなくて、誰に甘えるの？」

……そういうことを言うから。

とうとう理世の瞳から、涙が溢(あふ)れた。真っ赤な目をして、くしゃりと笑う。

理世はテレーズへの執着心と独占欲が、テオバルトに対するものと同じ種類だと感じ、戸惑っていた。

テオバルトのことが、好きだ。その気持ちはずっと変わらない。けれど、不思議に思い始めたこともある。

あんなに四六時中考えていた彼のことを思い出す回数が、最近は少し減っていた。一体、いつからか。

理世は、瞳を涙に濡らしながら首を振った。

この二ヶ月の間、彼女の優しさを、ちゃんと見てきたのだ。

『嫌だとか、面倒だと思ったことなんて一度もないのよ』

理世にできるのは、信じることだけだ。テレーズの言葉、テオバルトからの手紙を。

帰ろう。ゼニスを回り終えたら、顔を上げて。浄化の姫巫女に恥じない心で。

＊　＊　＊

「ゼニスに、着いたー!!」

馬車を降り、海へと走りながら理世は叫んだ。テレーズもいつものようにその背中に向かって叫ぶ。

「リヨ、あまり遠くへ行っちゃ駄目よ！」

「任せといて！」

そう言いつつも、理世は足を止めない。テレーズは馬車から降ろされる荷物の順番を待っていた。

あれから自分が浄化の姫巫女だと隠さなくてもよくなった理世は、今まで以上にテレーズに心を開いた。

「海、すごいなあ」

いくつもの船が並ぶ港を見て、理世は目を輝かせている。空は青く、海は穏やかに揺れ、太陽の光をキラキラと反射している。

飽きもせず船を見つめる理世を見て、地元の住民が声をかけてきた。

「あんた、旅の人かい？」

理世はこくこくとうなずく。

「あんまりあからさまにおのぼりですって顔してっと、変な奴が寄ってくるよ」

気のいいおしゃべりなおばちゃんが、心配して言ってくれたのだろう。お恥ずかしい、と頭をかく理世の背後にテレーズが追いついた。

「リヨ、遠くに行っちゃ駄目って——あら、こんにちは」

旅先ごとに買い足していたために、かなりの量となった荷物全てをテレーズが抱えている。理世はそのうちの一つを受け取った。おばちゃんは美女の登場に驚いたようである。

「ああ、こんにちは。姉妹かい？」

「ううん、お友達だよ」

「そうかい……そうだろうね。あんたは、どっちかっていうと姫巫女様と姉妹って言われたほうがしっくりくるよ」

二人とも、黒目に黒髪だしねぇ。おばちゃんの発言で、理世とテレーズは動きを止めた。

「おやなんだ。あんた達、まだ姫巫女様を見てないのかい」

「え、えっと……それは、どういう？」

理世はかろうじてそう言うことしかできなかったが、おばちゃんは誰かに聞いてほしかったらしく、嬉々として話し続ける。

「どういうも何も、姫巫女様だよ。お忍びで来てたらしいんだけどね、やっぱり高貴な方ってのは違うねぇ。すぐにバレちまって、ゼニス中が大騒ぎさ」

「お、お忍びで……」

「ああ、そうさ。浄化のお力を求めて、今朝も早くから行列ができててね。私も行ってきたんだけど、この通り。肩こりがスッキリさ」

理世は唇をわなわなと震わせた。

「じょ、浄化の力で肩こりが……!? 行列って、おばちゃん、ど、どういうこと!?」

今にも倒れそうな理世を、テレーズが慌てて支えた。彼女もまた、深刻そうな顔をしている。

姫巫女がいるという場所をおばちゃんに聞き、理世とテレーズはそこへと向かった。

「姫巫女様……。どういうことなんだろう……」

ゼニスに到着した興奮もどこへやら、理世は葬式へ向かうような顔になっていた。

「リヨ、魔法が使えたの？」

「私じゃないよ！」

悲鳴を上げる理世に、テレーズは笑った。

しばらく歩いていた二人だったが、テレーズはふと目を細めて前方を指差した。

「あれかしら」

その光景を見た理世は、口をあんぐりと開けた。

日差し避けのテントを囲む人、人、人。その中に姫巫女がいるのだろうか。供え物らしき野菜や米、果ては家具までが周りに並べられている。そしてそれらを守るように、武装した複数の男達が取り囲んでいた。

「すみません。これって何の集まりなんですか？」

テレーズが何も知らないふりをして、群衆の一人に声をかけた。若い男性は一瞬嫌そうな顔をしたものの、美しいテレーズを見た途端に鼻の下を伸ばす。

「ああ、これは姫巫女様から浄化のお力のお恵みをいただこうと集まってるんだよ」

「浄化の……お恵みを……」

そんなの無理だ。理世は言いたいのをこらえてテレーズを見上げた。

男性の話は続く。

「世界の浄化を終えた後は、守り人の皆さんと一緒に、こうして各地を回ってるんだと。人のお役に立ちたいから、なんて……ご立派な方だよなあ」

理世は申し訳なさで、男性から目を逸らした。

「それは？」

テレーズが聞いたのは、男性が両手に抱えている袋についてだ。彼は煤けた手で、袋の口を開く。

「うちは鍛冶屋をしてるからさ。足りない分はこうして現物で支払うってわけさ」

「……金銭を求められているのですか」

「そりゃ、世界で唯一の奇跡の力だよ。ちゃんと払わなきゃ」

男性は嬉しそうに笑っている。

テントのまわりには、溢れるほどの農作物や家財。

それを見て、理世は体の震えを止められなかった。

「テレーズ……」

「リヨ、一度宿へ行きましょう」

テレーズは険しい顔つきだったが、理世は素直にうなずいた。男性は残念そうな様子で声をかける。

「姫巫女様に君も見てもらわないのかい？　よければその後、お茶でも」

「ごめんなさい。この通り、かわいいこの子に夢中なの」

テレーズは理世の頭を抱くと、手を振ってその場を離れた。

太陽が高い。時刻はちょうど正午あたりだろう。

言葉少なく、足早に来た道を戻る。宿の目星がついているのか、テレーズは迷いなくゼニスを歩いた。

たどり着いたそこに、理世は見覚えがあった。七年前、浄化の旅に出てすぐの頃に宿泊したのだ。出された料理がどれもおいしくて、特にここで出されたカブのスープを飲んでから、理世はカブが好きになったのだ。

日本で母が作ってくれるけんちん汁の味に似ていて、何度もおかわりをするくらいおいしかった。懐かしさと共に、理世は門をくぐる。カウンターに人はおらず、食堂からトントンという小気味のいい音が聞こえた。水の流れる音、かまどの燃える音。ひょいと台所を覗き込むと、小さな老婆が調理をしていた。

「なんだい」

彼女は手元から目を離さずにそう言った。

「あの、宿泊したいんですけど……」

「テーブルに名簿があるだろ。それに記帳してから、夕方に来な！　うちはまだ準備中だよ！」

怒鳴り声に、理世はぴゃっと飛び上がり、テレーズの背後に逃げ込む。

ようやくまな板から視線を上げた老婆が、理世とテレーズに視線をやる。老婆と目が合い、テレーズは軽く会釈をした。老婆はじろりと睨みつけた後、ふんと鼻を鳴らした。

「リヨ、書きましょうか」

テレーズに促されて、理世は初めて名簿に記帳する。これで、目標は全て達成できた。

「おばあちゃん、名前書いたから――」

「部屋数は！」

「ふ、二つ！」

「女二人で何を贅沢言ってんだい。一つでいいだろ！　ツインを取っといてやるよ。ああ、その大荷物は置いてきな！」

　怒鳴り声から逃げるように理世は飛び出した。テレーズは台所を見て一礼する。やはり、老婆はふんと鼻息を鳴らすだけだ。

　二人はまた、来た道を戻っていく。テレーズの真剣な横顔に向かって理世は話しかけた。

「テレーズ。さっきの、あれさ」

「ええ」

　人々を迎え入れるテント。その中で何が行われているのかまだ見てはいないが、〝浄化の姫巫女〟を名乗っているのなら、まぎれもない詐欺である。

「おばちゃん腰が治ったって言ってたけど……マッサージしたならともかく、浄化の力に、そういうのはなくて……」

「ええ」

テレーズはうなずく。そして、一つ溜め息をついてから言った。

「きっと詐欺グループでしょう。テントを囲んでいた男達は、姫巫女の守り人の格好を真似ていたようだし」

「えっ、ほんと？」

武装していた男達を思い出してみるものの、疑問しか浮かんでこない。

「うちの守り人達は、皆もっと頼りになるしイケメンだったし、頭もよさそうだったよ」

理世の言葉にテレーズが少し笑った。

「きっと、ばれて大事になる前に違う街へ移動してるんでしょうね。住人からお金を巻き上げるなんて――許せない」

テレーズの怒りの表情は、理世を驚かせた。

「リヨ。私は、この世界の住人として、そして私自身として。浄化の姫巫女であるあなたに、心から感謝してる」

飾り気のない熱い言葉を耳にした途端、目頭にこみ上げてくるものがあった。

「だからこそ、どうしても見過ごせない。あなたの名前を不当に騙ることを、あなたの偉業に対し礼を欠く行動も。あなたの品位を下げるものだから」

テレーズは、拳が強く握る。

「……これから私がすることで、あなたは私のことを嫌いになるかもしれない」

「そんなこと絶対にない！」

間髪容れずに強く否定され、テレーズは思わず笑った。

「何があっても、私は……あなたを守りたい」

テレーズは、真っすぐに前を向いてそう言った。

守るという強い言葉。守り人に数え切れないほど聞かされていた言葉のはずだった。それがなぜ、こうも心を震わせるのか。

理世は胸を押さえた。

駄目だ、これはよくない。この気持ちに正面から向き合ってはいけない——

理世は下手くそな笑顔をテレーズに向ける。

「えへへ、ありがとう。具体的には、どうしたらいいのかな」

「まずは騎士団の所へ行きましょう。リヨは何も心配しないで」

大丈夫よ、テレーズにそう言われると安心する。

テレーズはここでもすいすいと歩いていく。

「来たことがあるの？」

「ええ、何度か。一度警護のために来た街は、地図を全て頭に叩き込むのよ」

「もしかして、他の街も？」

「このあたりの街は一応、ほとんど」

確かに、テレーズと街を歩いている間、迷うことは一度もなかった。自分とは頭の構造が違うのだろう。

真っすぐ進むテレーズに置いていかれないよう、理世は彼女の服の裾を掴んで歩いた。極力キョロキョロしないように気をつけていたのだが、あるものが目に入り、足を止める。八百屋で季節外れのカブを見つけたのだ。

裾が引っ張られてテレーズも立ち止まる。

「見て見て、カブが売ってる」

「あら本当。こんな時期に珍しいわね」

「おー、見てってくれ。恥ずかしがり屋みたいで、ちょっと遅れてやってきたカブちゃんだ。今日の夕食にどうだい。たまには冬の味が恋しいだろ？」

店主の軽口に笑っていた理世だったが、その値段を聞いて目を見開く。

「えっ！　高っ！」

「そりゃあ、時期外れのもんはなんでもそうさ」

大きく笑う店主に応じる理世を見て、テレーズが笑いかけた。

「野菜の値段もわかるようになってきたのね」

「あ、ほんとだ」

この世界についての知識が増えたのが嬉しくて、理世も笑った、その時だった。

「えっ、姫巫女様が？」

若い女性の声が聞こえてきた。

「うん、午前の謁見が終わって、今近くにいるんだって」

「わー！　見たい見たい！　行こうよ」

彼女らは手を取り合って走り抜けていく。

「急ぎましょうか」

理世は今度こそよそ見をせず、しっかりテレーズの後ろをついていった。

市場を通り過ぎてしばらくすると、騎士団の建物が見えてきた。港町らしい、白いタイルの坂道を上る。

団旗がかけられた受付に並ぶ。子供も大人もいて、がやがやとしている。

順番がきて、カウンターに通された。

「今日はどうしました」

優しそうな青年が笑顔で迎えてくれた。

「できるだけ早急に相談したいことがありまして。こちらの支部の団長に取り次ぎをお願いしたいのですが」

単刀直入に切り出したテレーズだが、青年は動じない。

「まずはこちらでご用件を承ってから、対応させていただきます」

「四番の事案です」

マニュアル通りに対応しようとした青年は、その言葉を聞いた瞬間に真顔になった。四番、という言葉は騎士団で使われる隠語なのだろう。

「失礼いたしました。騎士の方でしたか。現在、団長は席を外しておりまして――」

「それはゼニスを訪れている、姫巫女と名乗る者達の件ですか？」

管轄外の地に土足で踏み入るようなことを、テレーズはきっとよしとしない。なのに遠慮する様子を見せないのはきっと、偽者達に本気で怒っているからだろう。

「……奥で、詳しいお話をお聞かせください」

青年はそう言って席を立つ。近くにいた同僚に声をかけてカウンターを交代し、奥の部屋へ案内してくれた。

理世とテレーズの入室を確認してドアを閉めると、青年は「実は……」とおもむろに口を開いた。

「私は以前、姫巫女様一行をこの街で見たことがあるのです。あの当時、姫巫女様はまだぶ厚いヴェールをかぶっていませんでした。うすいヴェールの間からたまたま見えた幼い顔に驚いたので、よく覚えています。今いる女性とは、似ても似つかない。そう、どちらかと言えば、お連れ様のような印象で……」

理世を見た青年騎士がそう言った。見る目があるじゃない、と理世は内心得意になる。

「しかし、その時の私はまだ幼くて、子供と呼ばれる年齢でした。そのため、彼女は偽者だと訴えても、ろくに話を聞いてもらえなくて……」

この街にも、彼女を偽者と疑う者がいるのだ。それも騎士団に。理世もテレーズも、これは大きな力となるに違いないと感じた。

「団長だけは真剣に耳を傾けてくださったんです。ですが、姫巫女様がご本人じゃないと疑うなんて、一歩間違えればどんな罪になるかわかりません。それで、もみ消されないようにと、団長自ら確認を行っています。王都の本部に連絡を入れたとは聞いたのですが……」

「そうだったのね」

騎士団も問題を野放しにしていたわけではないらしい。だが、なにしろ相手は世界を救った浄化の姫巫女なのだ。下手に動くわけにはいかない。団長の判断は的確だった。

その時、突然部屋の外が騒がしくなった。何事かと理世がこっそりドアを開けると、住民が騎士団に走り込んできたところだった。

「おい、ちょっと来てくれ！　姫巫女様が広場で――！」

青年は、「すみません」と謝罪して走り出した。理世とテレーズも顔を見合わせ、彼の後を追う。

坂を下り、たどり着いたのは先ほど通ってきた市場だ。がやがやと、異様な空気が広がっている。

集まった人々は何かを取り囲んでいるらしい。

人垣の隙間からもぐり込んだ理世は、中心にいる人物を見て息を呑んだ。

先ほど宿で会話したばかりのおかみが、地面にしゃがみ込んでいる。おかみの前には、恰幅（かっぷく）のいい男に抱きかかえられた、色白の女性。顔を覆（おお）うはずのヴェールは後ろに外されていた。美しい顔立ちで、ちょっと笑うだけで男を虜（とりこ）にしそうな魅力に溢（あふ）れている。

この人が、姫巫女を騙（かた）る者だと理世は察した。

美女の後ろにも五人の男がいる。テレーズは守り人（もりびと）の真似をしていると言ったが、合っているのは髪の色だけ。しかし全員、腕っ節の強そうな男達だ。彼らは威嚇（いかく）するようにおかみを見下ろしている。

「お前のような性根のくさった人間の、どこが姫巫女だい」

膝をついた老婆が、それでも威勢よく言った。

杖は転がり、夜の仕込みのために購入したのだろう、手籠（てかご）いっぱいの野菜も地面に放り出されている。

誰も彼女を助け起こそうとしない、異様な雰囲気だった。人の輪は、中心にいる人物から離れた場所に広がっている。皆がおかみに注目しているのに、動き出す者は一人もいない。

飛び出そうとした理世の手を引っ張ったのはテレーズだった。彼女も顔を歪（ゆが）め、輪の真ん中を見つめている。

「なんという汚い言葉……。あなたが私を姫巫女だと認めなくても、この場にいる全員が真実をわかっているわ」

「皆、お前達の悪趣味な寸劇に付き合ってやってるだけさ」

絶句した偽の姫巫女は、口元を扇子で隠す。その仕草には、品が感じられた。

その時、偽の守り人の一人が姫巫女に近付き、何かを耳打ちする。彼女は目配せをすると、目を細めてから口を開いた。

「あなたの宿、以前姫巫女が泊まったって触れ回っているらしいじゃない。年のせいで耄碌しちゃったのかしら。この私が、こんな無礼者の切り盛りする宿に泊まるはずがないわ。どうせ、あなたの姿をそのまま表したような、みすぼらしい宿なんでしょう？」

姫巫女には不似合いな汚い言葉が次々と出てきても、周囲はそれをとがめなかった。住民は委縮してしまっているのだ。

ハラハラしながら事の行方を見守っていた理世は、ふと、散乱した野菜の中に、白くて丸いものを見つけてハッとする。

「あたしの宿の話なんざしてないだろう。あんたは本物の姫巫女じゃないって言ってんだよ」

「不愉快よ。お前達、ひっ捕えてちょうだい」

老婆の言葉に顔を歪めた姫巫女は、顎一つで背後に立つ守り人に命じた。男達が、にやつきながら老婆に近付く。

「道を空けてください。騎士団ですっ！」

先ほどの青年が叫びながら、人垣をかき分けて中央に躍り出た。そして、老婆を助けるために駆け寄る。手を差し伸べようとするのを、姫巫女の甲高い声が遮った。

「ちょっと待ちなさい。ゼニス騎士団……いいえ、この港町ゼニスは、姫巫女を敵に回すと、そういうことでいいのね？」

青年の手がピタリと止まる。姫巫女の言葉を後押しするかのように、男達は腕を組んで彼を見下ろしていた。

ためらいながらも、青年騎士は唇を噛む。そして、諦めたような目をして、膝をついておかみに語りかけた。

「おばあさん、ひとまずここは、穏便に済ませるために――」

理世はテレーズの手を振りほどいて走り出す。

「リヨッ！」

叫ぶテレーズの声は、人波にかき消される。理世の小さな体が、舞台の中心に飛び出た。

震えを絶対に悟られてはいけない。ドクドクと激しく鼓動する心臓に何度も「落ち着け」と命令してから、理世は叫んだ。

「やめてください！」

偽の姫巫女一行と青年騎士がこちらを向いた。おかみは姫巫女をきつく睨みつけたままだ。理世はおかみに駆け寄ると、庇うように立ちはだかった。

「寄ってたかって、あまりにもひどいんじゃないですか」

「お嬢ちゃん！」

騎士団の青年が理世の手を引くが、理世は臆することなく、真っすぐに姫巫女を見据える。彼女を抱える男――髪の色からして、ルーカスを真似している守り人が睨みつけてきた。王族を騙るのは完全に違法だ。

背を伸ばし、顎を引く。きちんとした言葉遣いなどは知らない。それでも理世は、姫巫女として七年間で学んだ全てをぶつけた。

「この国の方々は皆親切で、愛情に溢れていたのに……こんなの、おかしいと思わないんですか」

「あら、お嬢ちゃん。あなたまでなあに？　姫巫女の怒りを買って、またこの土地が邪気で覆われ、作物の育たない土地に戻ってもいいいって思ってる？」

女の言葉に、固唾を呑んで見守っていた住人達がどよめく。「あの子を連れ戻せ！」――そう叫ぶ声が理世の耳にも届く。

「お嬢ちゃん、もうやめなさい。姫巫女様に無礼は――」

「無礼？　何が無礼だって言うの？」

喉から熱い塊が飛び出しそうなほど、大きな怒りが押し寄せてくる。

「浄化に、治癒の力なんてなかった。お金をとって祈祷なんてしたこともない。私は……恩を売るために旅に出たんじゃない！」

テレーズとの二人旅を始めるまで、理世は多くのことから逃げてきた。

無理をしてまで頑張ろうとは思わなかったし、知らないことを学ぼうともしない。皆が好きそうな、皆の望む姫巫女を演じていれば十分だ。

そう信じて、守り人に手を引かれて甘やかされることに、何の疑問も持っていなかった。

だから自分の自惚れを知った時、恥ずかしくてすぐに逃げ出した。皆が好きな姫巫女なら、テオバルトにも好きになってもらえているはずと、そう思っていただけに衝撃は大きかった。このまま逃げ隠れてしまいたいと思うほどに、打ちのめされた。

だけど今は、頑張る強さを知った。

テレーズに手を引かれながらではあったけれど、できないことを克服する勇気は理世の自信にもなった。

「姫巫女は、私です」

静まり返った空間に、理世の声が響きわたる。

観衆の間に衝撃が広がり、人々は向かい合う二人の女達を交互に見やった。どちらも、姫巫女の特徴とされる黒目、黒髪だが——棒切れのような平凡な小娘と、六人もの守り人を連れた美女だ。

どちらが信憑性があるかなど、一目瞭然だ。

美女の高笑いがあたりに響く。

「あなたが姫巫女ですって？　お呼びじゃないのよ。子供のごっこ遊びなら、よそでやりなさい」

女だけではなく、守り人を騙る男達も、理世の言葉を馬鹿にしているのは明らかだった。

「そんなに震えて。こんな大勢の前に立つ機会が、そちらのヒメミコサマにはなかったのね。面白い冗談に免じて、今日は見逃してあげるわ。人生を棒に振りたくないでしょう?」

周りからも笑い声が聞こえてきた。理世は自分の足を見下ろして驚く。無様にも震えていた。こんな場所で、こんな悪意に一人で立ち向かった経験はない。

それでも、理世は顔を赤くして叫んだ。

「姫巫女だなんて、何を証拠にあなたはそんなこと言ってるのよ!」

「あら。じゃあ、あなたこそ何をお持ちなのかしら? 私はこの美貌で、デッェン侯爵家のテオバルト様に求婚されたのよ。……ねえ? テオバルト様」

女が、トンと軽い足取りで地面に下り立った。隣にやってきた金髪の男が寄り添い、腰を抱いて頭に口づける。

求婚は、されたんじゃなくてしたんだよ! されたんなら私だってこんな場所にいない!

理世は勢いのまま叫びたいのをぐっとこらえた。

女が出した「テオバルト」という名前に、人垣がざわつき始めた。もう彼女を疑う者などいない。

「姫巫女様になんてことを……」

「おい、あの嬢ちゃん引っ張ってこい」

「せっかく平和になったのに、もしまた邪気に覆(おお)われたりしたら――」

人々の囁(ささや)きが大きくなっていく。青年騎士は、万が一本物だったらということを恐れ、彼女達をデツェン侯爵家のテオバルト――理世が恋した英雄の名を、この世界の誰もが知っていた。

糾弾できない。

「残念だったわね、おチビちゃん」

美女が笑う。美しい顔を、器用に歪めて。

その笑みに、理世は立ち向かう術を持たなかった。だが、どうにかして背後に庇うおかみだけでも、ここから逃がすことはできないかと考えあぐねていた時、聞き慣れた声がその場に響いた。

「なかなかの寸劇、拝見できて光栄です。しかし少々、配役に難ありかと」

ざわめきが、ピタリと止む。

理世は呆然として、後ろを振り返った。

「テレーズ……？」

誰もが一番前で結末を見ようと譲らなかったのに、彼女の前には今、きれいな道ができている。

悠然と歩いてくるテレーズに、理世は心臓が高鳴るのを感じた。

だって、あの甘い声は――

「特に姫巫女は似ても似つかない。私達の気高い姫巫女は、そのような汚い心を、醜い厚化粧でごまかそうとはしませんよ」

「ひどい暴言を吐くのね。あなたほど塗りたくってはいないと思うけど」

女はテレーズを見ながら眉を吊り上げた。

テレーズが、自分と並ぶほどの美女であることにも腹を立てたのだろう。しかし、テレーズの声は、明らかに女性のものではなかった。

「そこの君」

「はっ！」

テレーズに呼ばれた青年騎士が反射的に敬礼を返す。張りつめた雰囲気を周囲は感じ取っていた。

「君は、七年前に姫巫女一行を見たことがあると言っていましたね」

「はい、この目で確かに、見ております」

「姫巫女様の特徴を覚えていますか」

「もちろんです。黒目、黒髪で、当時はまだ、十歳ほどの年齢かと——」

青年が、言葉を止めた。

浄化の姫巫女の年齢を知る者は、ごく少数に限られている。姫巫女を騙る女は、もちろん知らない。当時、姫巫女がまだ二十歳にも満たない少女だったなんて。

青年が理世を見つめるが、理世はテレーズから目を離せずにいた。

「では、守り人の特徴は？」

「は、はいっ、それも、もちろん存じ上げております！」

青年は上ずった声をあげた。

テレーズは青年の返答にうなずいてみせた後、おもむろに自分の髪を掴み、勢いよく引っ張る。

亜麻色の髪がずり落ち、そして現れたのは金の稲穂のような、美しい短髪だった。

瞳は、海の色を映したかのように青い。

誰もがテレーズに目を奪われていた。

「テレーズ……」

理世の呼びかけに気付くと、テレーズは一瞬だけ理世を見てほほ笑んだ。誰もがハッと息を呑むほど美しかった。

呆然としたままの青年に、テレーズは声をかけた。

「私が誰か、わかりますか」

カモメの鳴く声が、港から離れたここまで聞こえる。静寂の中、震える声で青年が答えた。

「王国騎士団、近衛部隊第二隊長。浄化の姫巫女の守り人であらせられた、テオバルト・デツェン閣下とお見受けいたします」

途端にあたりは騒然とし、熱気が渦巻く。

「私がこのような格好をしてまで内密にお守りする御仁に、心当たりがありますね」

カツカツと靴を鳴らし、テオバルトが理世に近付いた。その体をそっと抱き上げると、腕にかかえて周囲を見渡した。理世には見慣れた景色だった。

肌を覆い隠すドレスも、厚いヴェールもまとっていない。理世にあるのは、ほんの少しの勇気だけ。

だが今はもう、人々の目にはその心の美しさが見えているだろう。震える足で、涙声で、必死に老婆を庇っていた小さな人こそ浄化の巫女姫であると。

人々の困惑の声は歓声へと姿を変え、すぐに広場を埋め尽くした。

「ずらかれ！」

金髪の男が荒い声を上げた。女と共に逃げ出そうとしたが、人垣の後ろには、ゼニスの騎士団が勢揃いしている。

「テオバルト殿、ご協力、感謝いたします」

後ろのほうから、低い声が響いた。青年騎士がへなへなと腰を抜かす。

「だ、団長……」

あっという間に、偽の姫巫女と守り人もどき達が逮捕された。

「いえ、こちらこそ。取り押さえるのは、一人では無理でしたから」

テオバルトだけでは、全員を捕えることは難しい。また、騎士団だけでは、住民の反発を抑え、さらに気付かれることなく騎士を配備することはできなかっただろう。

理世が飛び出した後、騎士団員が坂を下りてきていることに気付いたテオバルトは、彼らに事情を説明し、共同作戦に打って出たのだ。そして団員が配置についたのを見計らい、正体を明かした。

団長とテオバルトの声を、理世は彼の腕の中で聞いていた。

理世がテオバルトの背を叩く。彼はそっと理世を地面に下ろした。

まだいくらか緊張した足どりで、転がっていた杖の所まで歩く。使い込まれてはあるが、大切にされてきたこともちゃんとわかる。理世はおかみのもとへと駆け寄り、杖を渡した。

「おばあちゃん、大丈夫？」

「ふんっ、あたしは助けなんざ必要なかったんだよ」

おかみの物言いに、理世は苦笑した。

「でも私、おばあちゃんを助けたかったから」

「姫巫女だなんだと称（たた）えられて調子に乗ってんのかい」

「それもあるかも。けど、助けたかった理由は違うよ」

「なに言ってんだか」

「だっておばあちゃん、私のこと、覚えててくれたじゃない」

「……」

おかみは言い返してこなかった。

「この街の人、誰も気付かなかったよ。私が自分で姫巫女だって言った時だって、誰も信じてくれなかった。なのに、おばあちゃんだけは気付いてくれた。私が好きだった、カブのスープ。出そうとしてくれたんだよね」

倒れたおかみの近くに、理世は白くて丸いカブを見つけた。

理世はその瞬間、この偏屈（へんくつ）な老婆が、七年前にたった一度だけ泊まった理世を覚えていたのだと悟った。

理世達が宿を訪れた時、おかみは仕込みの真っ最中だった。材料は全て揃っていたはずだ。それから買い物に出る理由など、メニューを変更する以外にありえない。

しかも、あんなに高い値段だというのに。

「おばあちゃん、歩ける？　おんぶしよっか？」

「余計な世話だよ」

ふんと鼻息荒く答えるおかみに理世が笑う。騎士団長と話していたテオバルトがその様子に気付き、声をかけてきた。

「抱き上げましょうか」

「やめとくれ！　あんたにとっちゃヨボヨボのばあさんに見えるかもしれないけどねえ、私だって立派なレディなんだよ！」

夫でもない男に抱えられて、往来を歩けるかってんだい！　テオバルトにそう叫ぶと、おかみは理世に支えられ、杖をつきながら宿へ歩いて帰った。

第六章　こらえ切れずに、つぶやいた

テレーズが、テオバルトだった。その事実は理世に大きな衝撃を与えた。

今までの態度も、口にした言葉も、全て理世の本音だ。無防備な自分をさらけ出した相手がテオバルトであったことに、理世は狼狽（ろうばい）していた。

「すぐにできるから、そこに座って待ってな」

宿に着くと、おかみは理世とテレーズを食堂に座らせた。足早に台所へと入っていく。

それからしばらく、おかみが盆を持ってテーブルに戻ってくるまで、沈黙が続いた。

「なんだい、辛気（しんき）臭い顔して」

どん、どん、と彼女は食事を並べる。その中にはカブのスープもあった。夕食にはまだ早い。理世は「えっ」と顔を上げた。

「お忍びだったんだろう、あんたらこそ。本物の姫巫女だってばれたんだ、どうなるかは――あのバカ女を見てたなら、わかるだろ」

理世はハッとした。もし、あの女と同じように、皆が貢ぎ物を持って押し寄せてきたら……

「そっちのあんたは七年前にもいた、護衛のあんちゃんだろ。変な格好してるから、何事かと思っ

たけど、女の姿のほうが似合ってんじゃないのかい」

テオバルトが折り目正しく頭を下げる。おかみは、テオバルトは護衛だから、同じ部屋で寝泊まりするとわかっていたのだ。だからこそ、部屋数を一つにするよう言ったのだと理世はようやく気付いた。

「さあ、ちんたらしてないでさっさと食べな。すぐに街中（まちじゅう）の人間が押し寄せるよ」

理世は慌ててスプーンを手にした。カブを口に放り、噛み締める。じゅわり、と汁が広がっていく。

「ありがとう。とってもおいしい」

「ふん。おかわりが欲しいなら急ぐんだね」

おかみの厚意をありがたく受け取り、理世は二杯おかわりした。「食べたならさっさと出て行け」と言われて支払いさえさせてもらえぬまま、理世とテオバルトは裏口から追い出された。

表にはすでに数人の住民が待ち構えていたようだ。テオバルトはなるべく目立たないように、騎士団の建物に向かって歩き始める。その背中を理世が追う。

二人はもう、腕を組むことも、頬を寄せ合うことも――並んで歩くことすらなくなるだろう。

テオバルトと理世の間に、気楽な空気はない。ここまで七年と、そして二ヶ月間も、共に旅をしてきたというのに。理世は思い切って口を開いた。

「……嘘つき」

俯いたまま呟いた。責めるのではなく、二人の関係を修復するための言葉だ。ここまでついてきてくれたテレーズを――テオバルトを、許すための軽口。

黙り込んだまま、神妙な顔をして一言も口をきかなくなっていたテオバルトは、理世の言葉から優しさを感じ取り、頬を緩める。

「正体を偽り、ご心中に踏み込みましたこと、心よりお詫び申し上げます。あなたを守るためには、姿も名前も変えねばなりませんでした。テレーズは実在しません」

足を止め、深く頭を下げたテオバルトを見て、理世はとっさにアリサの仮面をつける。

「お仕事だもん。大丈夫、気にしないで。……恋人も、いないってことだよね？」

「は？　恋人はおりませんが……突然どうしたんですか？」

テオバルトは理世の質問の意図が理解できず、心底不思議そうな顔をした。

「ううん、なんでもない。今のは忘れて」

「そうですか……わかりました。ところで、アリサ」

テオバルトが、「リヨ」と呼ぶことはないだろう。

「今後の予定を、立てましょうか」

「今後？」

「ええ。城に戻ることは決定でよろしいんですね？」

テオバルトの問いかけに理世はうなずいた。

城に戻る。これはもう、ずっと前から決めていたことだから。そして、戻って最初にしたいことは謝罪だ。テオバルトに、そして迷惑をかけた人達に。そのために帰るようなものだと理世は思っていた。

今、その相手が目の前にいる。

「テオバルト……私、あなたに謝りたいことがあるの」

「アリサ?」

「本当にごめんなさい……。浄化の褒美として、王様に勝手にあなたとの結婚を望んだけど、あれは間違――」

「申し訳ありませんが」

理世が驚いて顔を上げた。

こんな風にテオバルトが理世の言葉を遮ったことなど、今まで一度もなかったからだ。

「帰城なさるなら、私は同行致しかねます」

謝罪さえ受け入れてもらえない。理世はいよいよ彼を見ることができなくなった。

そして同時に、チクリと胸が痛んだことに自嘲する。

ここまで迷惑をかけておきながら、この期に及んで自分はまだ、一緒に帰ろうと言ってほしかったのだ。

「なん、で?」

声が震える。テオバルトの目を見ることが怖くて、理世は俯いたままそう呟いた。

「私とアリサは今、公には婚約中です。約ふた月、共に行方をくらまし帰城したとあらば……周囲に我々が何をしていたのか吹聴してまわっているのと同じ」

テオバルトの言葉に驚いて思わず顔を上げる。

「なっ、それは――」

頭に浮かんだ記憶に、理世は顔を真っ赤に染めた。耳の先から、鎖骨まで。赤く色づいて再び俯いた理世に、テオバルトがまぶしそうに目を細める。

「たとえ帰城を分け、大衆の目は欺くことができたとしても、他の守り人についてはそうはいかないでしょう。……ご安心ください。アリサが慕う者にも、私の口から、何もなかったのだと説明にうかがいます」

慕う者――慕う者、ね。

私の好きな人に、テオバルトが直々に説明に来てくれるらしい。私と彼の間には何もなかったと。

笑うしかない。

ああ、本当に子猿でしかなかったのだ、自分は。

テオバルト本人だと気がつかず、テレーズに秘めた思いを打ち明けたことは結果として良い方向へと影響したようだ。他に好きな男がいるくせに、自分に結婚を申し込むような不誠実な女と、テオバルトは一緒になる気をさらさらなくしている。

このまま城に戻って、また以前みたいに笑い合える日が来るまで、少し距離を取ればそれで——

胸が疼いた。目の奥から溢れてくるものを必死で押し戻す。

「大丈夫です。真実をつまびらかにする必要はありません」

「うん……」

震える理世を心配して、テオバルトが的外れな言葉をかける。理世は今にもつぶれてしまいそうだった。

「——私は」

押し殺したようなテオバルトの声に、びくりと体が震える。いよいよ叱責が飛んでくるのかと身構える理世に、テオバルトが優しく言った。

「あなたに、幸せになってもらいたい。そのためなら、どんな煮え湯でも喜んで飲みましょう」

知っている。世界を浄化した私に感謝し、自分の人生さえ棒に振ってもいいと思ってくれていることを。

テオバルト——いや、テレーズはずっと、逃げ出した理世のそばにいてくれた。

手を引き、大丈夫だと背中を撫でてくれていた。

それがどれだけ、理世にとって心の支えになり、救われたか。どれだけ感謝していたか。

孤独感は徐々に薄れ、罪悪感さえ忘れた瞬間もある。たとえテオバルトと一緒にいられなくても、自分はこの世界を愛せるのだと思えた。

現実から目を逸らした日々は愛に溢れていて、とても幸せだった。

「大丈夫。私、絶対に……あなたとだけは結婚しないから」

理世が声を振り絞ると、テオバルトは強く目を閉じた。

「テオバルト。今まで守ってくれて、ありがとう」

その名を呼ぶことは、旅の終わりを意味していた。

テオバルトが目を開くと、理世は地面を見つめながら、涙をこらえている。そんな彼女に、テオバルトが心のままに言った。

「愛していますよ、かわいいかわいい、私の姫巫女。どうか慕う者に、振り向いてもらえるといいですね」

理世は笑う。

だけど、無理なんだ。その人は今、なんてことなく私に愛を告げられるぐらい、私のことなんて「愛して」ないんだから。


テオバルトと理世が騎士団のもとへ到着すると、全員が一斉に敬礼をした。目をぱちくりさせる理世と違い、テオバルトは同じように礼を返した、女物の服で。

そのままではいけないと、テオバルトに騎士服が分け与えられる。あの青年騎士が持っていた予備だが、彼のズボンではテオバルトにとって丈が短かったらしく、涙ぐむ青年を同僚達が一斉に慰めていた。

理世は着替えを終えたテオバルトを見る。

「どうしました」

テオバルトだ。久しぶりに目にした彼の姿に、理世は目を細めた。

「なんでもない」

変だと思われないように、そのままにこりと笑う。テオバルトは、少し悲しそうな顔をした。テレーズに扮していた時によく見た表情だなと思った。

「改めまして、本日はご協力いただき、誠にありがとうございます」

騎士団長が代表して礼を言う。差し出された手をテオバルトが握った。

「こちらこそ、姫巫女の名誉回復に協力いただきまして、感謝します」

二人の固い握手を、周りの騎士が羨ましそうな目で見ている。理世はその意味を読み取り、テオバルトに声をかけた。

「テオバルト。握手、してあげたら？」

彼は一瞬戸惑ったが、すぐにほほ笑んだ。

「もちろん」

浄化の姫巫女の守り人であった英雄、テオバルトとの即席握手会に長蛇の列ができた。

一方、理世にはゼニス支部の騎士団長から声がかかった。

「姫巫女様」

理世は、彼に向き直る。

「騎士団を、そしてゼニスの民を代表して、深くお礼申し上げます。世界の危機を救っていただき、また我がゼニスの民を救っていただき、誠にありがとうございました」

理世はどうしていいかわからずに、視線をさまよわせておどおどとする。テオバルトに目をやると、彼は小さくうなずいた。

理世は姿勢を正し、相手を見つめる。そしてゆっくり息を吐き出した。

「ご期待に添うことができ、誇りに思います」

騎士達は理世へ敬礼を送った。その音を、心を、しっかりと受け止める。テオバルトも満足そうだ。

「騎士団長、実は折り入ってお願いしたいことが――」

「なんなりと」

「馬車を一台と、団員の何名かに、姫巫女様の護衛についていただきたい」

名誉ある任務に騎士団がざわめく。理世はテオバルトに告げた。

「テオバルト。今、特にごたついてるのに、私の護衛なんて。テオバルト一人で大丈夫だよ」

「私はこちらで、詐欺集団についての事後処理に協力してから帰城いたしますので」

「おかしな話じゃない。それこそ、ここの騎士団の仕事でしょ」

理世の目力と意見に戸惑ったテオバルトが腕を引き、小声で告げる。

「先ほど申し上げたように、共に帰城すれば……」

「王都まで一緒に帰ってくれるって言った」

テオバルトが言葉に詰まる。

それは〝テレーズ〟との約束だ。理世もわかっている。だが理世は、テオバルトの気遣いをはねのけた。テオバルトと共にいるところを見られて、困る相手などどこにもいないのだから。

帰城までの短い時間だ。

まだ、もう少しだけそばにいたいと思うことぐらいは——世界を救った褒美として、許してほしい。もう、結婚なんて……あなたが断れない主命なんて、二度と、望まないから。

「馬車は借りて。でも護衛はいらない」

強気でわがままを言うと、テオバルトが片手で顔を覆った。

理世はべっと舌を出す。

そんな二人を見て、騎士団長は顎髭を撫でて笑った。

＊　＊　＊

結局、テオバルトは事後処理を手伝うことなくゼニスを後にした。涙を流さんばかりに目を赤らめ、「また是非いらしてください！」と懇願（こんがん）する若い騎士達に、理世は何度もうなずく。

　馬車には御者（ぎょしゃ）として団員が一人ついてくれることになった。馬の扱いに慣れたベテランだという。

　外に出ると、すでにあたりは真っ暗だった。その時になってようやく多くの住人が集まっていたことに気付く。騎士達が作ってくれた道を足早に進み、理世は馬車に乗り込んだ。

「姫巫女様、昼間は申し訳なかった！」

「世界を救ってくれてありがとう！」

「浄化の姫巫女様！」

　馬車の中まで届くようにと、人々が声を張り上げる。制止しようとする騎士達の声にも負けないほどの大きさだった。

「姫巫女様！　また、いつか必ずゼニスにいらしてください！　その時にはきっと、姫巫女様に誇れる街になっておりますから！」

　扉を閉めた馬車の中で、理世は口元を覆（おお）う。

「出してください」

　テオバルトが御者（ぎょしゃ）席に声をかけると、ベテラン騎士は手綱を引いて、馬を動かした。

「ここからでしたら」

　テオバルトが馬車の中で、ほんの少しカーテンを開けた。小さな隙間から、理世が手を振る。

　住民は歓声を上げて馬車の後を追いかけ、騎士達が慌ててそれを止めに入った。惨事を引き起こさずに済み、テオバルトがほっと息を吐く。理世も、テオバルトが過剰なパフォーマンスを嫌う理由を知った。

彼は骨の髄(ずい)まで騎士なのだ。

姫巫女の守(も)り人(びと)であると同時に、国民を守る騎士でもあるのだ。

それからしばらく、二人は無言だった。馬車の中には、理世とテオバルトだけ。乗り合い馬車ではないから、大勢の乗客もいなければ、空間もさほど広くない。少し傾(かたむ)けば、膝と膝が触れ合いそうな距離。

「今日はここいらで。馬も休ませねばなりませんし」

ベテラン騎士はしばらく走らせてから馬車を止め、理世とテオバルトにそう告げた。二人は礼を言う。暗闇の中で足を滑らせないよう、テオバルトが差し出した手を取り、理世は馬車から降りた。

そして、目の前の宿を見上げる。

「すみません、私達が泊まる宿なんで、そんなに立派じゃなくて……」

すまなそうに言うベテラン騎士に、そんなつもりじゃないと、理世は慌てて首を振った。自分も、今日までこういう宿に世話になっていたのだ。なんの文句もあるはずがない。

「まったく、ゼニスの騎士団はいつからそんな失礼になったんだろうね。さ、狭い所だけどゆっくりくつろいどくれ」

宿から出てきた老人が、急な客だというのににこやかに対応してくれた。騎士団のために、いつも空室をいくつか用意してあるのだろう。記帳などは騎士に任せ、二人は主人と共に部屋へ向かう。空いていた二部屋のうち、一つを騎士が、もう一つを理世とテオバルトが使うことになった。

部屋を開け、ベッドに飛び込んだ理世にテオバルトが言う。

「湯をもらってきます」

「えー……今日ぐらい、いいよもう……」

今日の出来事を思い出し、理世はぐりぐりと布団に顔を押しつけた。

「駄目です。潮風を浴びたでしょう」

「はーい……」

理世は渋々ながらも従うことにした。テオバルトが部屋を出ると、ほっと息を吐き出す。

距離の取り方がわからなかった。声も口調も違う。なのに、間の取り方やふとした仕草が、テレーズと重なるのだ。突然訪れた片思いの相手との再会に、理世はひどく戸惑っていた。

話すとしたら無理にはしゃぐことしか、今の理世にはできない。これではアリサの時と同じだな、と自嘲する。

大きなタライを持って戻ってきたかと思うと、テオバルトはすぐに出ていった。そして再び、今度は両手にヤカンをぶら下げて帰ってきた。沸騰したお湯と水。どうやらタライを湯船にしてくれるようだ。

「湯で落としたほうがいいでしょうから」

「ありがとう」

タライの下に布を敷き、理世もヤカンを持って注ぐのを手伝う。手を浸して、少し熱いぐらいになったのが確認できれば終了だ。

「では、私は外で」

「うん」

もうテレーズではないから、引き止めはしなかった。テオバルトが警護のために部屋の外に立つことは、理世にとってても自然な習慣だ。それなのになぜか、とても寂しく感じる。

「背中をお流ししましょうか？」

これまでの意趣返しのつもりか、テオバルトが不意に言った。理世は舌を出そうとし、すんでのところで止める。

「うん、じゃあお願い」

固まったのはテオバルトだった。

「あっち向いてて」

テオバルトが何か言うよりも早く、理世は服を脱ぎ始めた。テオバルトは慌てて体を翻す。

そっちがその気なら、やってやろうじゃないの。理世はやけくそになっていた。

今の今まで忘れていたが、どうせ下着姿も見られているのだ。その上、そんなあられもない格好で抱きついてもいる。今さら背中を流してもらうのがなんだと、理世は鼻を鳴らした。

理世はシュミーズ姿でタライに浸かる。いいよ、と声をかけると、テオバルトが無言で近付いてくる。

テオバルトに背中を向け、薄着一枚で身をゆだねるのが、途端に不安に感じる。やけくそとはいえ、早まったかもしれない。理世はどうすべきか、ぐるぐると頭を悩ませた。

テオバルトが膝をついたのが音でわかった。

「失礼します」

そう言うと、湯をすくい、理世の肩にかける。

それだけで心臓が飛び出そうだった。やっぱり早まってしまった。大慌てで理世は振り向いた。

「テオバルト、やっぱり――」

「湯が跳ねます。どうぞお静かに」

真剣な表情で言われ、理世は息を詰めてぎこちなく元の姿勢へと戻る。背中に、肩に、お湯が滴る。シュミーズは濡れて、肌に張りついているだろう。まるで素肌をさらすような羞恥を感じて俯く。

こんなに恥ずかしいことだなんて思わなかった。浄化の旅の間、疲れ果てて指一本動かせないような日には、守り人達に体を拭いてもらうこともあった。今のようにシュミーズ姿ではなかったが、手足をさらしていることに変わりはない。

最初は申し訳なさのほうが勝っていたけれど、これが彼らの職務だと、慣れた頃には何も思わなくなっていた。それなのに――

テレーズを通して、自分のテオバルトへの好意が、これほど大きくなっているなんて。

理世は戸惑いを悟られぬように、早口で切り出した。

「テ、テオバルトがテレーズだったなんて、全然気付かなかった」

焦っているとはいえ、この状況でその話題はないだろう、と理世は自分に絶望した。

「ええ、本当に。面白いほど、お気付きにならなかった」

テオバルトの手が理世の肌を滑る。手首から二の腕まで、丹念に磨いてくれた。潮気をこすって落としているだけだとわかっているのに、唇の震えを隠せない。

「存外、姉妹ごっこを楽しまれていたようですが」

「……楽しかったよ、知ってるでしょ」

すねたように言うと、テオバルトは「はい」と返事をした。

「素のアリサを見ることができて、とても嬉しかったですよ」

いっそう胸が強く高鳴る。理世はさらに顔を下げた。

「……私、変われたかな」

「ええ。もちろん」

テレーズの声がよみがえる。

「どんな所?」

「ご自身が一番よくわかってらっしゃるでしょう。民衆への対応。市価の理解、そして目標達成への気概」

うん、と理世は首を動かす。全て自分が頑張ったことだった。

「――そして、何事においても意欲が増しました。新しいことを知りたい、挑戦してみたいと。全てを人任せにするのではなく、自ら手伝うことも増えましたね。この湯を張った時のように」

理世は驚いて顔を上げた。

「今から旅をしたならきっと、堅物学者に怒鳴られることも減ったでしょう」

テオバルトの気遣いに、えへへと笑う。その拍子に、湯にぽたりと雫が落ちた。

自分が気付かなかったところまで、テオバルトはちゃんと見てくれていた。

涙がボロボロとこぼれた。テオバルトに背を向けておいてよかった。

「……マリウス君の宿題も、軽くこなせると思う？」

「ええ、今でしたら、必ず」

理世は鼻をすすった。そういえば、旅の初めにマリウスによって課された日記。あの手帳は今どこにあるのだろう。城を飛び出してきた時、金貨を引っ掴むので精いっぱいだった。

自分の部屋はそのままだろうか。理世は帰ったら探してみようと思った。その時、テオバルトの手が離れる。終了の合図だった。

テオバルトに外に出てもらい、体や髪を洗った後に、湯から上がる。濡れたシュミーズを絞り、タオルで包んだ。服を着替えると、理世は扉を開けてテオバルトを招き入れる。

理世が髪を乾かしている間に、テオバルトがタライの始末をする。バタバタと動き回るテオバルトを見ながら、理世は眠気を感じていた。

「乾いていませんね。触れますよ」

タライを片付け終えたのだろう。テオバルトの声が頭上から聞こえて、眠っていたことに理世が気付くよりも早く、テオバルトが髪を拭き上げる。ふふふ、と理世の口から笑い声がこぼれた。頭に感じる刺激が気持ちよくて、またうつらうつらと意識が遠のいていく。

「あお向けにしますよ」

髪を乾かし終え、テオバルトが理世に声をかけた。腰に手を添え、尻を軸にして体を倒す。理世はしっかりと彼の服を握っていた。

テオバルトがその手を離そうとすると、理世はさらに強く握り締めた。

「やだ、一緒に……」

口にしてすぐ、理世はバチッと目を開いた。

隣にいるのはもう、テレーズではなくテオバルトだった。

「ごめ、ん」

血の気が引いていくのが自分でもわかった。

「何も気になさる必要はありません。あなたが望む私になりましょう……」

理世の真っ青な顔を見たテオバルトが、沈痛な面持ちでそう言った。理世はブンブンと首を横に振る。

「ですが、今日だけは、あなたの名誉のためにも、室外での警護をお許しいただきたい」

理世はこくんとうなずいた。テオバルトはまだ自分の服を掴んだままの理世の手をそっと外す。

「おやすみなさい、アリサ」

「……おやすみなさい、テオバルト」

リヨ、テレーズ。

今朝まで呼び合っていたその人が、とても遠く感じた。

朝日に照らされ、目が覚める。理世はいつもの癖でベッドの横を見た。そこに、この二ヶ月で見慣れた後ろ姿はない。

ふぁ、とあくびをした。窓の外を見ると、空は澄み渡っている。

ベッドから抜け出して理世が身支度を整えていると、ドアがノックされた。

「アリサ、起きましたか」

「うん」

「開けても?」

どうぞと告げるとすぐに扉が開く。テオバルトは朝から完璧な装いで頭を下げた。

「おはようございます。ご朝食はこちらにお持ちする手はずとなっておりますので――」

「え、なんで。下で一緒に食べるよ」

テオバルトの言葉を遮って理世が言うと、テオバルトは困惑した顔を見せた。

「騎士二人が護衛についているので。食堂に赴けば、他の宿泊客が緊張するでしょう」

「そっか。ごめん、わかった。今は姫巫女なんだったね」

テオバルトに従い、運ばれてきた朝食を食べ終えると、彼は一枚の紙を理世に差し出した。口元をナプキンで拭きながらそれを受け取る。

「なあに？」

「城内では、アリサが旅に出たことを知っている人間はごく少数に限られます。この二ヶ月どこへ行っていたのかと聞かれた際に、ここに書いてある通りにお答えいただけますと幸いです」

テオバルトの言葉に固まり、理世は視線を落とす。

「……ごめん。逃げ出しちゃって、たくさん迷惑もかけたね……」

「迷惑だなんてとんでもない。私は姫巫女の守り人。これも十分に、仕事に含まれますよ」

仕事と言われ、少し気持ちが軽くなる一方、悲しくなったのも否定できず、理世は自嘲する。心底悪いと思うから謝ったのに、フォローしてもらったことで落ち込むなんて、図々しいにもほどがある。

「……ありがとう。――あ、ゼニスとか偽姫巫女とか出てくるんだ」

文面を読んで理世がそう言うと、テオバルトが笑った。

「はい。アリサに上手な嘘は期待できませんからね」

理世も笑い返す。テオバルトの軽口に随分と助けられている。

紙にはこう書かれていた。

偽姫巫女の噂を聞きつけた理世とテオバルトは、内密に調査に向かった。噂を追い続けるうちに、港町ゼニスにたどり着く。そこでゼニス騎士団と結託し、見事偽姫巫女をひっ捕えることに成功。そして理世とテオバルトは、二ヶ月ぶりに王都へ戻った。

何の齟齬もない、よくできたシナリオだ。しかし、理世はふとあることに気がつき、全ての内容が頭から飛んだ。

「事情を知るルーカス殿下へは、今朝早くに早馬を出しております。誰かに何か尋ねられたとしても、違和感がない程度に——」

テオバルトが言い終える前に、理世はガタンと椅子から立ち上がった。そのまま自分のリュックまで一直線に向かう。

唖然としているテオバルトを尻目に、理世はリュックの中身を床にまき散らしていった。

目当てのものを探し出すと、震える手で中身を開く。

何を探していたのかと後ろから覗き込んだテオバルトが、「あ」と小さく声を出した。

「……テオバルト」

「はい」

「……これ、前にもらった手紙と、字が、違うん、ですけど……」

「ええ、そうでしょうね」

テオバルトはしれっと返事をよこしたが、理世はわけがわからず青ざめていく。

「こ、こ、ここれ、思えばテレーズと一緒の時にもらったし、あれ、テオバルトが帰ってこいって、あれ……あれ……!?」

何がどうしてどうなった!?

理世は悲鳴を上げた。テオバルトは変わらず冷静な面持ちで彼女を見つめている。

「あの時は諸事情によりお伝えできず、大変申し訳ございません。その手紙は、私からのものではありません」

「でしょうね！」

先ほどテオバルトにもらった、つじつま合わせのシナリオ。そこに綴られていた神経質そうな字。理世はこの文字を、何度も何度も旅の間に見てきた。これはテレーズのものだ。

見間違えるはずがない。ほぼ毎日、宿に記帳するたびに目にしていたのだから。そして、テオバルトの字も知っている。形は整っているが、男性らしく力強い文字。早く帰っておいでと書かれている、この手紙だ。

「まさか……。じゃあ、誰がこれを……！」

「おそらく、ルーカス殿下でしょう」

「あんの変人無職〜〜〜!!」

理世は立ち上がり、手紙をぐしゃりと握りつぶした。

テオバルトはそれを理世の手から奪い取ると、しわくちゃになった文字を読んだ。

「アリサ、どこにいる？　体は無事かい？　皆心配してる。皆が君を待ってる。もちろん私も。早く帰っておいで、愛しい私のお姫様……」

「いやあああああ、読まないでええええええ――!!」

それを彼が送ったと信じ、目の前で涙まで流したという都合の悪い記憶は、全て遠くへ放り投げた。

「こんな身の毛もよだつような台詞に、よく涙など流せましたね」

テオバルトは少し不機嫌そうだ。

「それは、その――私、すごい悪いことをしたと思ってたから……帰ってきていいって言ってもらえて、嬉しかったから……」

拙い言い訳だったが、テオバルトには通じたらしい。同情するような目を理世に向ける。嘘はついていないのに、目を逸らしてしまった。

「それほど心を痛めておられたとは。もっと早く、私も伝えるべきでした」

伝えてはならぬと思っておりましたので。そう続けたテオバルトに、理世は顔を向けた。

彼は、ルーカス殿下直筆のありがたい手紙に視線を戻した。そして、真剣な目で理世を見つめる。

「アリサ」

まずい。理世は一歩後ずさった。

「どこにいる？　体は無事かい？　皆心配してる。皆が君を待ってる」

脳を直に撫(な)で回すような、感情のこもった甘い声。背筋がゾクゾクした。理世が一歩、また一歩と後ずさるたびに、テオバルトも同じように近付いてくる。背中が、ドンと壁にぶつかった。

「もちろん私も」

テオバルトの大きな影が、理世を覆(おお)う。

理世の髪を梳(す)き、耳にかける。触れそうで触れない、ギリギリの距離まで唇を近付けると、彼は理世の耳に吐息を吹き込んだ。

「早く帰っておいで――愛しい……私のお姫様」

――腰が砕(くだ)けるかと思った。

吐息が伝わり、全身を熱がかけめぐる。このましがみつき、全身で愛を乞(こ)いたい、そう思わせるほどだった。

理世がずるずると壁伝いに座り込む。真っ赤に染まった顔を隠すだけの余裕もない。茫然(ぼうぜん)と床を見つめる理世と目線を合わせるように、テオバルトもしゃがむ。

「アリサ」

理世は彼を振り払うかのように叫んだ。

「もーー！　テオバルトさん、昨日からちょっとばかり、悪戯がすぎるんじゃないですかねえ⁉」

子猿だと何度も言ったテオバルト。こうしておどけてごまかすことがお互いのためにも繋がるのだと、理世は必死で自分に言い聞かせる。

「……すみません。ルーカス殿下の書いたこんな文章でさえ嬉しいのであれば、読み上げたらもっと喜んでいただけるかと思ったのですが――」

「喜んでます、十分。ええ。お気持ちは伝わりました！」

テオバルトの優しさはもう、十分すぎるくらいに最初からわかっているのだ。サービス精神旺盛にもほどがある。

「嬉しいです、帰るって選択肢を選んでよかったなって、心底思ってます！」

もうなるようになれと思って叫んだけれど、嘘ではない。それに、あの時立ち聞きをして、ショックで旅に出てたことも、今は本当によかったと心から思える。自分は成長したと感じるし、前よりもずっとテオバルトを好きになれたからだ。たとえ彼のお嫁さんにはなれなくても。

「だから、その……ありがとう」

未だ熱の引かない火照った顔のまま、理世はテオバルトに伝えた。テオバルトは嬉しそうに笑って「ええ」とうなずいた。

第七章　愛しい人の名を

「よっ。無事にしておったか、子猿よ」

「またそれ？」

赤い煉瓦の建物が連なる街並みの中にそびえ立つ、白亜の城。絢爛たるその城は、まさにこの国の王が君臨する場所として相応しい。太陽の光を反射して輝くその城の中から、燃えるような赤毛をなびかせて一人の王子が現れ、理世とテオバルトを出迎えた。

「大仕事を終えた姫巫女と守り人を、王子である私がわざわざ出迎えに来てやったのだ。もう少し嬉しそうな顔をしたらどうだ」

彼もまた守り人であるのだが、理世は隠れて変人無職と呼んでいる。理世がこの世界へトリップして噴水に落ちた時そばにいた、第三王子ルーカスである。

衛兵を従えて腕を組み、仁王立ちしているルーカスに、理世は懐から取り出したぐしゃぐしゃの手紙を突きつける。

「帰還指示を受け取りました」

「なんだ、ばれたのか。つまらん」

ルーカスが大げさに溜(た)め息をついてみせた。

「ゼニス騎士団の者よ。ここまでご苦労であった。ゆっくりと休んでゆくがいい。馬は厩舎(きゅうしゃ)へ案内させよう」

「ご恩寵(おんちょう)、誠に感謝いたします」

ここまで同行してくれたベテラン騎士を、ルーカスが体よく追っ払いたいだけだった。理世は彼に感謝の言葉を告げて別れた。

理世と、その背後に控えていたテオバルトは、身を翻(ひるがえ)したルーカスを追って中へ向かう。広い城内をぐるぐると歩き回った後、ルーカスは一つの扉の前で立ち止まる。彼は衛兵達に扉を開けさせ、テオバルトと理世だけを部屋に入れた。

バタン、と大きな音を立てて分厚いドアが閉まる。初めて入った王族の私室をぐるりと見渡す。しかし、それは理世が貸し与えられている部屋より随分(ずいぶん)と簡素だった。

「それで、もう気は済んだのか、家出娘」

ルーカスが椅子に座りながら聞いた。理世は勧められた椅子に座る前に頭を下げる。

「抜け出してご迷惑をおかけして、すみませんでした。勝手ですが、しばらくの間、またここに置いてください」

ルーカスはテーブルに肘をつくと、半目になって鼻を鳴らした。

「王城の警備は完璧だ。けどなぁ……さすがに、贅(ぜい)を凝(こ)らした客室から、シーツを垂らして壁を伝い下りる者がおるとはゆめゆめ思わなんだ。この馬鹿が！　だから子猿だと言うのだ！」

「逃げ出すって言ったらシーツじゃん！　一度やってみたかったんだもん!!」

当然ながら、下にいた衛兵にすぐに見つかったのだが、何食わぬ顔で「ルーカス殿下の泥棒ごっこに付き合わされていて……」と言えば、皆「お疲れ様です」と苦笑した。王子の変人ぶりは、城中――いや、国中の人間が知るところだった。

「……なんだか性格が変わったな。どうした、女になって血のめぐりでもよくなったか？」

「……もともと女ですけど？」

首を傾(かし)げる理世の後ろで、テオバルトが咳(せ)き込んだ。

「ルーカス殿下」

心底わからないという様子の理世とは対照的に、テオバルトはいら立った気配を見せた。

「なんだ、お前達。まさか二ヶ月も共にいて、何もなかったと？」

ルーカスは大きく目を見開いた。理世はようやくその意味を悟(さと)り、さっと頬を赤らめる。

ルーカスを蹴り飛ばそうとした理世の足を、ルーカスがすかさず掴んだ。片足で立った理世はバランスを崩しそうになって慌てるが、ルーカスは楽しそうに笑い声を上げ、さらに高く持ち上げた。

理世はもう、つま先で立つことに必死だ。

「パンツ、パンツが見える！」

理世は必死でスカートの裾を押さえる。

「そうか、まだ処女なのか。ではこのまま話を進められるな。浄化の姫巫女と言えど、他の男に足を開いてしまった女を王族に連ねることはできんからな」

「何言ってるんですか、下品！」

「開放的だと言ってくれ」

ルーカスは理世の足を離そうとしない。理世が「足がつる！」と悲鳴を上げても、ゲラゲラと笑うだけ。この変態、鬼畜、変わり者！　理世は恨みを込めて思いきり睨み上げた。

「城に留まる許可を出そう。寛大な城の措置に感謝し、三日三晩祈祷室にこもって祈りを捧げてもいいぞ」

「暇で死んじゃうからイヤ」

「本当に性格が変わりおって……女は男を知ると急に変化して面倒だが、男を知らんのに変わるのも面倒だな」

「ルーカス殿下」

再びテオバルトにたしなめられ、ルーカスは呆れたように頬杖をついた。

「まったく、手をこまねいていただけとは――」

そう言うと、ポイッと理世の足を離す。理世はもちろん、そのままひっくり返った。

その後、テオバルトとルーカスは大事な話があると言い残し、理世を部屋から追い出した。その扱いに、「私、姫巫女だよね⁉」と文句を言いたい気持ちをこらえて、王城の美しい庭を散策することにした。

のどかな時間。かけがえのない平和。

ほっと息をつく。

こうしていると、怒涛のようなこの二日が――いや、この二ヶ月が、全て夢であったように思えた。

今しばらく、何も考えずにこうしてのんびりしておこう。

懐かしさにぼーっと浸っていた時――理世に声をかけてくる者がいた。

「ああ、帰ってきたって本当だったんだ」

「マリウスくーーん！」

守り人の一員――神官マリウス。恋愛対象だったテオバルトとはまた別の意味で、理世と一番仲のいい守り人だった。

七年前、弱冠十四歳にして邪気を見ることができた稀有な神官。理世にこの世界の文字を教え、同じ目線に立ち、いつも気を遣ってくれる、天使のような守り人だった――はずなのだが。

「何その気持ち悪い声。鳥肌立つんだけど」

「えっ、キャラ違うっ！　だ、誰⁉」

両手を広げて駆け寄った理世は、耳がおかしくなったのかと不安になった。それほどに、今耳にした台詞が信じられなかった。

「旅はとっくに終わったんだから当たり前でしょ。『城側』についた君に媚売って、何の得になるの」

穢れを知らない笑みを浮かべ、いつも「アリサ様」とはにかんだように呼んでくれた天使はどこに行った？　あまりに動揺した理世は庭に自分の目が落ちてないか、必死に探した。だが、残念ながらそこには優秀な庭師達が丹精込めて手入れした、美しい芝生が広がっているだけだ。

「っていうか、城側についた、って。え、何？」

飾り気のない返事をした理世に、マリウスは驚いていた。これまでの理世なら「マリウス君、ひどい。そんなこと言っちゃ駄目なんだよ」と真面目なことを言いそうなものだったのに。

その変化は、今回の旅の影響だとマリウスは感じ取ったようだ。

「君、どこ行ってたの？　婚前旅行とか嘘なんでしょ」

理世の質問には答えを返さず、他の守り人なら聞きづらいと思う部分を真っすぐに突いてきたマリウス。理世は彼から目を逸らした。

「アリサ」

「――ゼ、ゼニスに行ってきました」

嘘じゃない。理世は心の中で暗記メモを広げた。

「何をしに」

「偽者の姫巫女が出まして……」

マリウスが美しいアーチ型の眉毛を上げた。

「へえ？」

「た、逮捕っていうか……確保っていうか……そういう感じの……」

「経由した街は？」

「えっ」

マリウスの意外な質問に理世は焦り出す。経由した街なんて——テレーズに任せきりだった理世は、思い浮かぶ限りの名前を告げた。

「……ふむ。ゼニスの騎士団長の報告と一致するな……」

いつの間にか、事情聴取になっている。理世は気付けば正座で、マリウスの目の前に座っていた。七年間の間に染みついた、鬼教官マリウスへの対応である。

テオバルトはこれを見越していたのだろうか。正直なところ、ものすごく助かった。事前の打ち合せがなければ、理世は聞かれるままに、全部吐いていたことだろう。

「ね、ねぇ、それより城につくって、何!?」

理世は、身を乗り出してマリウスに尋ねた。

マリウスはちらりと理世に目線をくれると、一つ息を吐く。

「テオバルトの嫁になるんでしょ」

「え、たとえばそうだったとして、それが何で、城……？」

「……頭痛い。そんな馬鹿だったの」

途方に暮れたように頭を押さえたマリウスの肩を、理世はブンブンと揺すった。

「馬鹿だったんです！　お願いします、マリウス先生！　教えてください！」

「嫌だよ。君に文字を教えるのに、僕がどれだけ手こずったと思ってるの？　あれほど意欲のない生徒を相手にしたのは初めてだ。このマリウスの教えを受けているというのに——」

「今は心を入れ替え、心身ともにマリウス先生にご指導願いたいと、心から思っております！　お願いしますっ！　と顔の前で両手を合わせた理世に、マリウスは溜め息をついた。

「いい？　一度しか言わないから、よく聞くように」

マリウスが理世の隣に座り、声を落として言った。なんてことない、穏やかな会話を続けているように見える。遠くに控える護衛達を意識してのことだろう。

「君は世界を救った奇跡の姫巫女だ。その功績は他の者の追随を許さない。君は世界で唯一の、生きる奇跡だ」

それこそ、愚かな偽者が出てくるほど、その影響力はすさまじい。そう続けるマリウスに、顔が緩みそうになるのを理世は必死に抑えた。マリウスの真摯な顔が、決してそれを許さなかったからだ。

「旅の間、この世界には、二分する勢力があると言ったね。王家と、神殿だ」

こくんと理世はうなずいた。

「城も神殿も、君の奇跡が喉から手が出るほどに、欲しい」

マリウスの真剣な瞳は、湖畔のように静かだった。

「君は城にも神殿にもどちらにも属していない。だからこそ、城からは姫、神殿からは巫女と呼ばれる。わかるね？　姫巫女とは、その名の通り、君の現在の立ち位置を明確に表している」

理世は目を見開く。誰に呼ばれ始めたかも覚えていない呼称に、そんな意味があったなんて。

「けれど、どちらも取り入る隙がないまま、世界の浄化へ向かうこととなった。もちろん、どちらも指を咥えて見ていたわけじゃない。城から三人。神殿から三人。君の守り人は、合わせて六人だっただろう？」

理世はうなずいた。あまりにも素早く旅立ったものだから、適当に決めたんだろうと思っていたのに――上のほうはきちんと考えていたらしい。

「まあ、だからこそ国王はテオバルトと結婚したいという君の嘆願を聞いて、すぐに動いた。神殿側に君をとられないためにね。王国騎士一人の生け贄で済んで万々歳だと、今頃国王陛下も思ってるんじゃないかな」

だからあれほど性急に、式の準備が進められていたのか。理世は開いた口が塞がらなかった。

「生け贄って……」

「生け贄でなければなんだと思う？　わかってると思うけど、テオバルトは別に君に恋しちゃいなかったよ」

正確な事実に、理世は打ちひしがれる。

浄化の旅の間、文字や世界の習慣を教えてくれたのはいつもマリウスだった。その当時から山のような宿題や、容赦のない追試に辛らつな本性の片鱗を覗かせていたが、まさかこれほどとは思っていなかった。

「もしかして……もしかしなくても、守り人全員、私のお婿さん候補だった……ってこと？」

「ここまで簡単に事が運ぶとは、誰も思ってなかっただろうけどね。君は本当にちょろかったから」

「ぐぅ……だから皆、あんなに優しかったのか……」

悲しいかな、納得できる。

理世は芝生に寝転がった。

「そうだよなあ、私に逆ハーは……ないよなあ」

自分のスペックを見誤っていたわけではない。平平凡凡。見た目も頭も何もかもが、標準的でしかない。そんな徒人の身で、おとぎ話のような旅を送っていたから、つい、浮かれてしまったのだ。

慣れ親しんだゲームや漫画などのように、自分の持つ潜在的なかわいさが通用したんじゃないか、なんて。

乾いた笑いが漏れる。新しく知った真実は残酷だった。けれど理世は、さほど落ち込んでいない。

皆が、それだけを理由に、命をかけてまで自分を守り続けてくれたわけではないと知っているからだ。

初めは打算にまみれた行動だったにしろ、その日の寝床も明日の食事も自分では用意できない理世を、彼らは見捨てることなくずっと守ってくれた。母の愛も、父の手も届かないこの世界で、どれだけそのことに救われただろうか。

彼らはずっと、理世の「お兄ちゃん」だった――理世にとって、そして、彼ら自身もそう思っていただろう。

「まあ、七年は……長かったよ」

「そうですねー。七年も仮面をかぶらせたままで、本性を隠して媚(こび)を売らせて、お付き合いさせて悪ぅございました！」

「心外だな、心の底から姫巫女である君を愛する僕に対して」

「へー、そうなんだー、嬉しいなー」

棒読みするように言い、すねて唇を尖(とが)らせる理世を見て、マリウスは苦笑する。

「神殿にとられないために、ってさっき言ってたけど、とられたらどうなるの？」

「王家と神殿。世界はその二つの勢力で成り立っていた。そこに今、どこにも属していないくせに、誰よりも影響力を持つ君が第三勢力として君臨している。それが王国騎士と結婚する――さて、どうなると思う？」

「……均衡が、崩れる？」

「その通り。城はこれまで以上に大きな顔をして神殿側を脅かすだろう。僕らはこれから草の根をかじって生活しなければならなくなる。君のせいでね」

「ちょ、え、どうしたらいいの!?」

悲嘆に暮れた風を装うマリウスの罠に、理世が簡単に引っかかった。

「神殿に来れば？　優遇してあげるよ」

「どっちにしろ同じじゃん！」

頭を抱える理世に、マリウスは言う。

「じゃあ聞くけど君。自分で、そこらへんの鉱山の峰まるごとよりも価値のある身分を、どうにかできるわけ？　守ってくれる誰かに、どうぞ使ってくださいって身を委ねるほうが楽なんじゃないの」

「うっ……」

ぐうの音も出ない正論に理世は言葉を詰まらせる。

「りょ、領地は？　もらった領地に引きこもる大作戦」

何も考えずに、衝動だけで逃げ出した理世。だが、旅で様々なことを学んだ。何も考えなく城に帰ると言ったわけではなかったのだ。

理世は一旦城に戻り、ルーカスをはじめ迷惑をかけた人々に謝罪をした後、与えられた領地に引きこもろうと思っていた。市井に身を隠すことも考えたが、偽姫巫女のような問題を思うと、自分の居場所は明確にしておいたほうがいいだろうと判断したのだ。

「それは好きにすればいい。君の選択の責任は、君が取ることになるけど」

マリウスの言葉に、理世は顔を引きつらせる。

「えーと、それは、どういう……」

「君に下げ渡された領地には、豊富な鉱山がある。つまり、ど田舎だ。僕は神殿を離れるわけにはいかないし、ルーカス殿下は問題外。テオバルトやセベリノの騎士組も、期間が決まっているならともかく、永続的には無理だろう。それは彼らの職を、奪うことになる」

自分の職に誇りを持っていた「テレーズ」を思い出す。理世の胸が痛んだ。

「もちろん、守り人以外の信頼できる者を連れていってもいい。現に今、領地を管理しているのはルーカス殿下の手の者だ。いいように取り計らってくれるはずさ。……こら、泣かない。僕は、君の提示した案に最善の対策を考えてあげてるつもりだけどな」

マリウスの言っていることはどれも正しい。

理世は目を手の甲でぐいっと拭いながらうなずいた。

「ごめん、甘ったれで」

偽姫巫女のように、理世を利用しようとする者はこれからもたくさん出てくるだろう。

その時に、自分一人で立ち向かわなければならないと思うと体が震えた。

怖かった。ゼニスの坂の下の広場では、誰も理世の言葉などまともに取り合ってくれなかった。

「……本当にね。そういうのは、テオバルトの前だけでやるべきだよ」

マリウスの溜め息の意味が、理世にはわからなかった。

「アリサっていくつなんだっけ」

急に変わった話題に理世は面食らう。名前を聞かれたことはあっても、守り人に年齢を聞かれたことはなかったのだ。理世が幼くしてこの世界に降り立ったと思っている彼らは、必要最小限のことしか向こうの世界について聞いてこなかった。年齢は、向こうの世界で生きたわずかな年数を思い出させるから、遠慮していたのだろう。

「二十一」

「思ってたより年食ってるんだな……」

「ちょっと」

「二十一の小娘が、一人でどう世界と戦うっていうの。さっさとテオバルトと結婚して、国の庇護下に入るべきだね」

マリウスは、話はこれで終わりとばかりに、会話を切り上げようとする。理世は今度言葉に詰まったのは、彼の正論に落ち込んだからではない。

「そのテオバルトは……」

ずずっと鼻をすすって、理世はマリウスを見上げた。

「私と結婚する気なんて、もうさらさらないみたいなんだけど……」

マリウスは、十秒は沈黙したかと思うと、急に天使の笑みを浮かべた。

「アリサ様、お帰りを今か今かとお待ちしておりました。僕、とても寂しかったんです」

「うわっ!! 見て、マリウス君！ 鳥肌！」

突然豹変(ひょうへん)したマリウスに、理世が腕を指差して迫る。

「やかましい。それより、何が原因でそんなことになったの」

天使は一瞬でどこかに消え去った。先ほどのお返しだというのにすげなく一蹴され、理世は恨(うら)めしげな視線を送った。

「それで？」

だが結局、にっこりと笑うマリウスには勝てずに、ぼそぼそと口を開く。

「他に好きな男がいるって言ったら、呆れられたんですー」

「なんでそんなややこしいことに。君が好きなのはテオバルトで間違いないだろう？」

やっぱり皆にばれてたか――理世は顔を真っ赤にして俯(うつむ)く。

「ややこしさの全容は一言では語りつくせないんだけど……私が婚約破棄したくて……」

「君から願ったのに？」

「私の願いを皆が断ることはできないって、知らなかったの」

だからこそ理世は今、一人になるのが怖い。誰かがそばにいて、この巨大な権力を制御してくれなければ、きっとまた問題が起きるに違いない。

「なるほど。じゃあ今度は、僕と駆け落ちでもする？」

ん？　と理世は真顔になった。

＊　＊　＊

テレーズからテオバルトに戻った時から、拭えぬ悲しみが続いていた。

テレーズとしてなら手を伸ばしたら届く距離にいたのに、テオバルトは隣に立つ資格さえない。

そんな状態では、目が合うことも稀だった。それに――彼女の名前さえ呼ぶことを許されていない自分が、理世の心を慰め、彼女を奪い去ってしまえるとは到底思えなかったのだ。

テオバルトは二ヶ月もの間、正体を偽っていた。理世はルーカスからの命令だとでも思っているだろうが、違う。テオバルトは自らの意志でそうしたのである。女のふりをして理世に近付き、真実を隠した。

そばにいて、守りたかった。黙っていたのは、その役目がテオバルトでは無理だったから――

言い訳はいくつでも浮かぶのに、口に出せないのは浅ましい本音まで漏れてしまいそうだからだ。

『大丈夫。私、絶対に……あなたとだけは結婚しないから』

理世の言葉が深く胸に突き刺さり、テオバルトの心を痛めつける。

「テオバルトに女装の特技があったなんて」と理世が明るく笑い飛ばし、元の関係に戻れると思っていたのに。

――自ら望んで逃げ出した理世。婚約した時点では、そもそも他に好きな相手がいるなんて知らなかった。知った時にはもう手遅れだったのだ。言えるはずがなかった。頬が触れ合う距離で名を呼び合う幸福を、手放したくなかったのに。

テレーズなら、彼女になんと言葉をかけただろうか。そんな意味もないことが頭に浮かんで、テオバルトは笑った。

自分に嫉妬したなどと誰かに知られてしまうぐらいなら、死んだほうがマシだった。

堅牢な王城においても、一際厳しく守られている王子の寝室。護衛が扉の前に立ち並んでいる。その王子は理世を追い出した後、皮肉な笑顔を幼馴染みの騎士に向けた。

「優雅な有休だったな。しばらく休みはやれんぞ」

「ご無理を聞いてくださり、心からご恩情に感謝いたします」

「ふん。嫌みも通じん。引きずってでも帰ってこいと伝えておいたはずだが」

吐き捨てるようなルーカスの言葉から、彼の機嫌が窺える。しかしそれには構わずに、テオバルトは涼しい顔で続けた。

「それが、あの安っぽいラブレターですか。あまりの出来に、童子の手習いかと思いました」

「なんだと！　あれは三日三晩考えた最高傑作だというのに……！」

テオバルトは親友が非常に心配になった。彼にもし愛する者ができた時、恋文の代筆は自分が引き受けようと思うほどに。

「ええい、だがそれは今はよい。――この二ヶ月、毎日、二回。二回だぞ！　一日二回も、神殿の使者が来ていたのだ」

「大変お手数をおかけいたしました」

理世が逃げ出してからのごたごたを思うと、素直に頭を下げるしかない。彼の立場を考えると、相当な負担を背負わせてしまっただろう。

「苦労自慢をするつもりはない。帰ってこなかった理由を言え」

「アリサの気持ちが城に向くまで、待っておりました」

しれっと答えるテオバルトに、ルーカスが眉間の皺（しわ）を深める。

「王国騎士団第二部隊長。どこの骨を抜かれた？　無様だな」

「ええ、いい顔になったでしょう」

「言うようにもなった」

そこで二人は顔を合わせて笑い合った。重苦しい空気が解かれ、互いに柔らかい表情を浮かべる。

「もうよい。それで？」

「それでって、何がかな」

「結婚だ。どうなってるんだ、お前達は」

「ああ。きれいさっぱり、愛の告白も虚しく、振られてきたよ。他に好きな男がいるんだって」

テオバルトはルーカスに勧められて椅子に腰かける。旅をしている間は派手で目立ちやすい宿を避けていたために、こんなに尻の沈むクッションはご無沙汰だった。

「お前、骨を抜かれるだけ抜かれて、おめおめと帰ってきたのか！　いいざまだ、負け犬め！」

大笑いするルーカスに、テオバルトは笑みを向けた。ルーカスはゴホンと咳払いをすると、顔つきを元に戻した。

「いやしかし、お前を振っただと？　他に好きな男とは、どんな奴だか聞いたのか？」

幼い頃から共に育ったルーカスとテオバルトは、人の目がない場所では兄弟のようであり、また親友であった。

「テレーズの隣が似合うような男だってさ。ルーカス、君、心当たりある？」

気安く投げられた質問に、ルーカスはケロリと答える。

「ふむ、なんだ私か」

自信満々な言葉に、テオバルトは呆れてものが言えない。

「ちょうどよかったな。次の候補者として挙がっているのは私の名前だ」

テオバルトは奥歯を噛み締めた。

理世は、テオバルトとの結婚を国王が許可したというのに逃げ出した。これは、理世が「すみませんでした」と謝ったからといって済むものではない。

ルーカスが偽のラブレターをよこした時には、国王などの城の要人達にも、理世の脱走が知られていたという。理世は責任を追及されるだろう。望むものを与えたのに逃げ出し、とんでもない事態を引き起こしたのだ。

「なに、私とて甲斐性くらいはある。食うには困らせないし、愛も注ごう。体が小さいのが少しばかり心配だが、アリサはまだ若いし、いくらでも世継ぎを産むことだろう。肩身の狭い思いはせずに済む」

アリサ。そうとしか呼べない者に理世を譲らなくてはいけないことが、テオバルトは悔しくてたまらなかった。そして自嘲する。自分も真の姿のままでは、「リヨ」と呼ぶ権利をもらっていないのだ。

その名を呼んでいいのは、テレーズだけである。

「お前は辛抱強いな。普通であればこれほどの侮辱、男として決して許しはしないだろう。自ら望んだ婚姻を結んだ瞬間に、とんずらする花嫁など。前代未聞だぞ」

とんだ面汚しだ――そう吐き捨てたルーカスに、テオバルトはなんとか口の端を上げて笑う。無様な表情に、ルーカスも笑う。

「かなり惚れ込んでいると思っていたんだがなぁ。女はわからん。まあ、あれだけ甘やかされれば、図にも乗るというものだな。お前は天井知らずに、アリサに甘かったからな」

「あなたは存外、アリサに厳しくなった」

「私は自分の物を粗末に扱われると、腹が立つ」

自分を物扱いか。テオバルトはルーカスの無遠慮な言葉に笑った。

「ルーカスの中で、一番大事なものはなんだい」

「そんなもの決まっているであろう――この国だ」

ルーカスは第三王子として、決して答えを間違えてはならなかった。

「その十ほど下に、お前がいる」

にやりと笑ってルーカスはテオバルトを見た。

「そして、ま、その一つほど下にあの子猿がいるな」

偽姫巫女(にせ)の件については、こちらからも手を回そう。

ルーカスはそう言って、眉間の皺(しわ)を親指でぐりぐりと押しながら、長い息を吐いた。この二ケ月で、彼の顔は随分(ずいぶん)とやつれてしまった。相当な負担をかけたのだろうと、テオバルトはひっそりと目を閉じた。

「許せ、テオバルト」

「できれば許したくは、ありませんね」

「ならばお前が聞いてこい。自分を振ってまで共になりたいという相手とは誰なのか、と。国王への嘆願は無理でも、私ができる限りとりはからってやろう」

テオバルトは力なく笑うだけだった。

「なんだ、抜かれたのは骨だけでなく、腰もか。まったく情けない。私の幼馴染みがこれほど侘しい者だとは思わなかったぞ、テオバルト」

心底呆れたような溜め息がルーカスからこぼれたが、テオバルトは返す言葉もない。

知りたくない。振られただけで理世が全てを捨てて城から飛び出してしまうほど、愛した男の名など。

「この二ヶ月、毎日通ってきていたのはマリウスだ」

知っている。テオバルトは小さくうなずいた。

「あやつはお前と違い、アリサの好きな場所に連れて行くなんて真似はせんぞ。アリサが幸せになると信じた道へ、目隠ししてでも強引に手を引くだろう」

それも知っている。テオバルトは、薄く息を吐いた。

「……剣、預かっておいてくれないか」

「おい待て。神官殺しは重罪だからな。わかっておるのか」

さすがの私でも庇えんぞ。ルーカスはまずいものでも見た様子で、テオバルトの腰から剣を奪い去る。

「まったく、テオバルト・デツェンともあろう者が情けない……あの子猿の何が、お前をそこまでさせたのだ」

テオバルトは目を閉じる。

木漏れ日まで設計された美しい庭に、突如現れた理世。怯えるばかりで話も通じず、誰もを魅了した自分の笑顔に顔をひきつらせていた。

「――……泣かせまい、と」

「ほう？」

こぼれた涙の美しさを、今でも覚えている。天の光が反射して、まるで一粒の宝石のようだった。そして、周りの者全てに警戒していた理世が、初めて笑みを向けた相手がテオバルトだったのだ。

「泣かせまいと思ったのはあの子だけなんだ」

ルーカスは溜め息をついてから剣を部屋の隅に置き、サイドボードに歩み寄る。引き出しを開け、黒い手帳を取り出すと、ルーカスはその手帳で自分の肩を二度叩いた。

＊＊＊

「ルーカス殿下。本日はお招きいただきまして誠にありがとうございます」

なぜだかほんの少しの間にげっそりとした理世と、天使の笑みを浮かべた男がルーカスの私室に招き入れられた。

にこにこにことほほ笑むマリウスは、天使と表現するのにふさわしい美しさを持つ。その彼に手を引かれ、されるがままになっている理世。テオバルトはその様子を、顔に笑みを貼りつけて見守っていた。

「毎日毎日、呼んでもないのに来ておった奴がよく言うわ」

ルーカスの嫌みも、マリウスは笑顔でいなす。

「そなたの面の皮の厚さは知っておるぞ。どうしたその手は」

「あはは、殿下もお人が悪い。久しぶりの逢瀬に我慢がきかなかった恋人達の秘密を暴くような無粋な行為はしないでいただきたい」

マリウスはそう言うと、理世と繋いだ手を見せつけるように上げた。ピクリとテオバルトのこめかみが揺れる。

「なんと……アリサ。そなたの趣味の悪さ……見損なったぞ」

「なんで勝手に見損なわれなきゃいけないんですか……。マリウス君も、殿下が純粋だからって、適当なこと言わないで」

この手がいけないのかと、理世は手を引き剥がした。

「適当なことって。さっきプロポーズしたじゃないか」

さらりと言ってのけたマリウスに、テオバルトが笑顔のまま固まった。理世はうんざりした顔で見返す。

「それは断ったじゃん。同情された上に、自分よりドレスが似合いそうな男の隣で笑顔になんてなれないよ」

言った後でもう一人当てはまる人間を思い出した理世は、口を閉じた。テオバルトはルーカスの背後で固まったままだ。

「アリサ。テオバルトを拒んだのもそれが理由なのか？」

威圧的に聞いてきたルーカスに驚く。

「テオバルト殿？　……確かに中性的な顔つきだとは思いますが、あの身長ではさすがにドレスは似合わないのでは？」

テオバルトを上から下までじっとりと眺めたマリウスが言った。理世も大きくうなずいた。

「そ、そうだよ！　いや、似合わないとは言わないけど、きっとすごく似合うけど！」

「……アリサ？」

「なんでもない、本当に、なんでもない！　たとえ似合ったとしても、テオバルトとだけは絶対に結婚しないから！」

理世の言葉に、場の空気が凍る。

「ではなぜ、テオバルトとの結婚を望んだ」

ルーカスの言葉に、理世が後ずさる。望んだ理由も逃げた理由も。テオバルトに告げる勇気を理世はまだ持っていなかった。彼に拒絶の言葉を突きつけられるぐらいなら、先回りして自分が言ったほうがよほど楽だったのに。

「おや、殿下には言ってなかったのかい？」

マリウスが天使の仮面をつけ、火に油を注ぐ。青ざめる理世の顔色を見た瞬間、マリウスの言葉が真実だと知り、テオバルトは強く拳（こぶし）を握った。

「そなた、マリウスには話したというのか」

「え、えっと、その……」

理世は怒れるルーカスから少しでも距離を取ろうと、マリウスの背後に回った。しかしそれがまずかった。

「神殿につくとは……なんと愚（おろ）かな。アリサ、神殿では得られない快楽をやろう。私の伴侶（はんりょ）となれ」

なんという最低なプロポーズ。理世はマリウスの背後で顔を覆（おお）う。言葉はきついが甘く接してくれるマリウスならともかく、ルーカスと対決する気力は、理世にはすでにない。

「秘することに長（た）けた神殿に下っても、そなたの望むものは手に入らぬぞ」

「秘することとって……そんなの、どっちも一緒だもん！」

理世は城に属する騎士でも、城と命を共にする貴族でもない。また、神殿で神の声を聞く神官でも、祈りを捧げる修道女でもない。

理世がテオバルトに懸想（けそう）していることは周知の事実だった。彼女の何も知らないところで彼女にとって幸せに、平和に事が進むのならそれが一番だと、守り人（もりびと）達は理世を思いやった。

誰もが幸せになると、そう信じた。理世の幸せと引き替えに、神殿側の守り人達も引き下がった。

しかし、そのテオバルトとの仲が崩れた。

神殿はそこにできたつけ入る隙を見逃さなかったし、王家はなんとしても理世を手放すまいと、理世に詰め寄っている。

「どちらも同じだと？　アリサ、そなた……」

ルーカスの怒気に怯えた理世は、マリウスの背中を掴んで完全に隠れた。マリウスは一度彼女を見やってから、天使の笑みを浮かべてルーカスに向き合った。

「おやおや、勝敗は決したようですね」

「口を慎め、マリウス」

ピシャリと彼を制止したルーカスに、理世は目を見張った。マリウスは「申し訳ございません」と頭を垂れたが、その実、動じてはいないようだ。

理世はこの世界を甘いものだと思っていた。

誰もが理世に優しいし、誰もが理世を大切にしてくれた。けどそれは、上から覗いたこの世界の一部分でしかなかった。ただの小娘に世間は甘くないし、不埒なことを考える人間もいる。権力がなければ、言葉一つ通らない場面だってある。

それに、旅の仲間は旅を終えれば仲間ではなくなる。マリウスは以前のようにルーカスに気軽な口をきけないし、テオバルトでさえ、マリウスが入室した瞬間からルーカスの忠実なる従者に戻る。

「アリサ。どちらを選ぶのだ。次も逃がしてやるほど、甘くはないぞ」

ルーカスの目に浮かぶ炎を見ていられなくて、理世はただただ縮こまる。

彼が怒っている。城をないがしろにした理世に。そして、彼の親友を振り回し、こけにしたことに、この世界で誰よりも怒っているのだ。

どうして誰も、テオバルトに——そして私に配慮してくれないのだろうか。元婚約者がいる前で、彼のことをまだ好きだと皆が知っているのに、次の婚約者を選べと言うなんて。あまりに無遠慮すぎるのではないだろうか。

「さあ選べ」

自分が選ばれると信じて疑わない変人に、理世は呆れ果てた。反発心から、小さく呟(つぶや)く。

「じゃあ、マリウス君にする」

蚊(か)の鳴くような声だったが、テオバルトの耳にはしっかり届いていた。テオバルトはきつく目をつぶり、衝動をこらえる。

「そやつの本性を知ってそう言うのか？　正気とは思えん。そなた、こいつといいテオバルトといい、本当に男の趣味が悪いな……」

「私はともかく、テオバルト殿は大層立派な御仁(ごじん)だと思いますが」

マリウスは謙遜(けんそん)しながらも、鼻につく言い方をした。選ばれたのはその男ではなく自分だと伝えたようなものだった。

マリウスとルーカスの間に火花が散る。ルーカスはフッと口を歪めると、大きく笑った。

「はっはっはっ！　小僧、そなたは知らないだろうがな、テオバルトには女装癖があるのだ！　どうだ、とんだ悪趣味だろう！」

マリウスはさすがに驚いたのか、目を見開き固まった。理世はマリウスの背後から顔を出した。

「それがなんで、悪趣味なの？」

理世のきょとんとした言葉に、テオバルトははっとして目を開けた。

「……女装だぞ、女装。およそ健やかな男子のすることではない」

「え。だって……お姉さんへの愛の形でしょ？　素敵なことだよ」

理世の純粋な言葉がテオバルトに届く。テオバルトの唇が、人知れず震えた。

「それに、あんなに似合ってたし。本当にきれいだったし、仕草も板についてたし、指の動きひとつだって、女の私より全然素敵で……」

そう。あんなに、素敵で。

理世は浮かぶ涙をこらえるのに必死だった。

テレーズはいつだって、理世を気遣い鼓舞してくれた。逃げることを許しつつも、立ち向かう協力は惜しまなかった。

城から逃げ出した時、理世は捕まることに怯えながらも、テオバルトが追ってきてくれるのではないかと期待していた。彼に恋人がいて、自分のことを恋愛対象として見ていないと知りつつ——

理世が逃げ出したと知れば、何を置いても追ってきてくれるのではと、思っていた。

けれどもしまた逃げ出したとしても、テレーズには追いかけてきてほしくない。現実には存在しない人なのに――理世はテレーズが大好きだった。冗談を言い合い、支え合える彼女が好きだった。

「頼りになって、気高くて……」

彼女の言葉遣いや視線を思い出す。表情も。何を思い出しても、涙がこぼれた。

もう会えない。

私のせいで、もう、会えない。

「アリサ……？」

「ど、どうしたというのだ」

マリウスの後ろでポロポロと涙を流す理世に、ルーカスとマリウスが慌てた。懐から取り出したハンカチを、マリウスが理世に差し出す。

「何も泣くことはありません。大丈夫ですよ」

「めそめそと、それだから子猿と言われるのだ。泣き止まんか」

「殿下、涙に濡れる乙女になんということを……」

「乙女だと？　乙女ならばもう少し思慮を持つはずだ。感情のままに生きる様はまるで子猿でないか」

理世は嗚咽をこらえることに必死で、マリウスとルーカスの応酬にも声をかけることができない。

「アリサ、何も悲しむことはありません。今はつらくとも、しばし耐えれば――」

「失礼」

マリウスの言葉を遮る声がしたかと思うと、その声の主はもう、理世を抱き上げていた。この場を静観していた、テオバルトだ。

突然のことに、理世は驚きで涙が止まった。ぱちぱちと瞬きをして、テオバルトを見下ろす。テオバルトは痛いほど真剣な目で、理世を見ていた。

「アリサ、どうされました？」

理世は笑顔を作り、首を横に振った。

「ごめん、大丈夫。なんでもないの」

なんでもないの――テオバルトは、理世のその呪文を知っていた。

一人で悲しみに耐える時に使う言葉だと。

テオバルトは理世を下ろすと、そっとマントで包んだ。大事に抱え、理世の視界を遮断する。息を呑む理世の耳元に、唇を寄せた。そして、いつもより高く、優しい口調で話しかける。

「どうしたの？」

理世はこらえ切れなかった。

一瞬にして理性がはじけ飛び、テオバルトの胸に頭を寄せ、抱きつく。

――本当は、つらくて怖かった。

テレーズがいなくなってしまったことが。守り人達が理世を利用しようとしていたことが。これから誰に頼っていいのかわからない現状が。

怖くてたまらない。

口を開くたびに、「テレーズ」と助けを呼びたかった。

『行きたい場所も、やりたいことも。まだまだこれから探したらいいじゃない』

理世はあの時きっと、テレーズに恋に落ちたのだ。

テオバルトの女言葉と理世の泣き声に、ルーカスとマリウスは固まっている。

「……アリサ。そなた、まさか女が好きなのか？」

理世が返事をするよりも早く、マリウスが動いた。テオバルトに抱きついている理世を引き剥がすと、その手を取り体を反転させる。

「早く神殿へ戻って支度をしよう、アリサ。これから忙しくなるよ」

しかし、テオバルトがそれを許さなかった。理世の前に回り、ひざまずく。

「あなたの好きな男は、マリウスではないのでしょう？」

テオバルトが理世の手を取る。瞳を覗き込むテオバルトに、理世はまだ涙を溢れさせながら唇を強く噛んだ。

「そうでなければ、プロポーズを断るはずがない。あなたの望みなら、神殿も王家も関係ない。私が全力で――」

理世は大きく首を横に振った。その先は聞かずともわかっている。テオバルトは、理世のためにいかなる献身も辞さない。守り人の、騎士の鑑であるからだ。

「大丈夫、なんでもないの。プロポーズは、照れ隠しで、断っちゃっただけ。マリウスのこと、好きだよ。私きっと、幸せになれる」

テオバルトを安心させるために、テオバルトに向けた言葉。それを悟ったマリウスが、理世の二の腕を掴む力を緩めた。

「だから、心配しないで」

彼のために、下手くそでも、精いっぱい笑わなければ。理世は必死に、目を細めて口角を上げた。笑えてるかな。理世がそう思った時、おもむろにテオバルトが立ち上がった。

驚く理世を尻目に、彼は部屋の隅へ歩いていく。そしてなぜか、そこに立てかけてあった自身の剣を取ると、鞘から勢いよく抜いた。窓から入った光が反射し、ギラリと光る。理世は驚きのあまり、涙が引っ込むのを感じた。

抜いた剣を持って、テオバルトが理世に近付く。

せっぱつまった彼の表情を見て、マリウスが理世の前に回り込んだ。しかし、テオバルトはそれを横目に、ルーカスへ剣を差し出した。

それを受け取るルーカスの顔は心底嫌そうである。ルーカスに向けて、テオバルトは深く深く頭を下げた。

「ルーカス殿下」

「嫌だ嫌だ。あー嫌だ。こうはなりたくないもんだ。万人が言うように、恋をすると阿呆になるんだな」

「これまで格別のご配慮をいただき、またご信頼を賜りましたこと。天に地に、そしてこの邪気のなくなった世界に、心から感謝いたします」

「あーはいはい、それでー」

テオバルトの身を引き裂かれそうなほど真剣な声とは裏腹に、ルーカスは耳の穴をほじくりかえしている。

「命を、心を殿下に捧げたはずの身でこのようなことを望むなど、決して許されぬとわかっております。ですがどうか、この願い叶わぬのならその剣で――」

仰天したのは理世だ。悲劇のヒロインになっている場合ではないと気付いたのだ。テオバルトの行動にサーッと血の気が引くのを感じて、マリウスの背後から手を上げた。

「ちょちょちょ、ままま、待った待った！　涙引っ込んだ！　なに、何がどうして、こうなった！　今、なんの問題？　何が起きてるの？」

「テオバルトが騎士の職を辞すと言っておる」

「え！」

あれほど、誇りに思っていた騎士を辞めると？　理世は悲鳴を上げる。

ルーカスが耳に突っ込んだ指を抜いて、ふっと息を吹きかけた。まともに取り合う気がないようだ。

「私がそれを許さぬのなら、殺せとも言っておる」

「ええ！」

理世は眼球が落ちそうなほど、両目を大きく見開いた。一体、テオバルトの身に、心に、何が起きているのかまったくわからなかった。ルーカスはテオバルトに渡された剣を、抜き身のままぽんぽんと手のひらに当てる。

「この馬鹿は置いておいて――アリサ。そなた、本気で神殿に決めたのか」

ルーカスの言葉に、理世はぴたりと動きを止める。それを見逃さずに、ルーカスは言葉を畳みかけた。

「神殿から生涯出られなくなることも、覚悟の上なのだろうな」

「――……はい!?」

理世が慌ててルーカスを見上げた瞬間、マリウスが「チッ」と舌打ちをした。

「当たり前だろう。神に仕えるんだぞ。巫女が、それも奇跡の巫女が、外に出られるはずがない。ちなみに言えば交際も厳禁。そなたは処女のまま生涯を閉じる」

「なななななな……」

「ルーカス殿下、どうぞもういくばくかのご配慮を」

顔を真っ赤にしておののく理世のために、マリウスが介入した。

「そもそも神官は結婚できん。そなたは神殿に軟禁。奇跡の巫女を連れ帰ったマリウスは、聖王」

「……マーリーウースーくーん……」

「ははは、人並みの出世欲はあるんだよねぇ」

ばれちゃったか、と言わんばかりにほほ笑むマリウスに理世が詰め寄る。

「まあまあ、話せばわかる」

「その話すら、しないくせに！」

「君に汚いものは一切見せないと約束するよ。望むものは何でも与えよう。好きなことをして、のんびり暮らせばいい——神殿で」

にこりと笑ったマリウスの足を、理世は思いっきり踏みつけた。

「いっ——」

「じゃあゲームとパソコン持ってきて！　喜んでニートするから！」

「ったぁ……え、なんだって？」

「ほら！　私の常識が一つも通じない所で軟禁なんて——……ひどいよ、マリウス君」

トーンを落とした理世の心の内を理解できる者が、果たしてこの場にいるだろうか。

理世の心を慮（おもんぱか）って一緒に逃げてくれたのは——テオバルトだけだった。

「結婚はいいのか？」

「どうせ王家を選んでも似たようなもんなんでしょ！」

「それはそうだ。だが城を選べば、そなたを必ず喜ばせてやれる」

次は金か、名誉か！

理世は無神経なルーカスに、肩を怒らせて睨みつけた。

「私は、そなたの望みを知っている」

理世はポカンと口を開ける。

ルーカスは、ぐっと剣を持つ手に力を入れた。

「テオバルト。そなたのこれまでの忠誠、心から感謝している。褒美にそなたの身勝手を許そう。だが、これを見届けてからにしろ」

テオバルトはルーカスの言葉に従って顔を上げた。理世は未だにわけがわからないという顔をして見つめている。

「回りくどいわ。大馬鹿どもめ」

そう吐き捨てると、ルーカスは懐から何かを取り出した。

それを見た瞬間、理世の表情が凍る。血の気は引き、先ほどの威勢などどこにも見当たらない。

マリウスが「おや」と片眉を上げげた。

一歩、二歩、と理世が後退する。「あ、あ、あ……」と、口をぱくぱくさせている。

「神殿では手に入らないものをやろう。城に来れば、誰に会えるのか。利口になったそなたなら、これ以上は言わずともわかるだろう」

「ああああーー!!」

　理世は絶叫した。

　あまりの悲鳴に、テオバルトが慌てて体を起こして理世を支えるが、理世はそれを邪魔とばかりに押しのけた。唖然とするテオバルトの脇をすり抜け、ルーカスに飛びかかる。ルーカスは予期していたかのように距離を取ると、手を高く上げて手帳を遠ざけた。

「利口だなんて、一切思ってないくせに！」

　理世はめげなかった。まばゆいくらいピカピカの机に足をかけると、思いきり蹴り上げてルーカスに飛びかかる。さすがにそこまでは予測していなかったルーカスが、両手を広げ理世を受け止める。勢いのまま、二人は床に転がり込んだ。

「っこの、子猿が！」

「はんっ！　詰めが甘い！」

　理世は奪い取った手帳を掲げ、壊れたように笑い始めた。

「あははは、あはっ！　こ、これで、もう証拠は――」

「テオバルト、奪え！」

　ルーカスの言葉に、理世は「えっ」と呟いた。その隙に、掲げていた手帳があっさり抜き取られる。

「ははは、馬鹿めが！　テオバルトはまだ我が手の内だ！」

ルーカスが体を起こしながら笑っている。しかしそんなこと、今の理世は構っていられなかった。

真っ青になってテオバルトの腕を掴むと、必死に奪おうと手を伸ばす。

「待って、渡さないで！　お願い、後生(ごしょう)だから！　返してくれたら、なんでもするから！」

「え？　なんでも？」

「なんでも！」

「では、はい」

あまりにも必死な理世は、自分が何を口走ったのかわかっていない。テオバルトは素直に手帳を手渡し、理世はそれを抱え込んでふうと深く息をつく。

起き上がったルーカスが椅子に腰かけ、「あいつは馬鹿だな」とマリウスに話しかけた。

「知っておりますよ」

ルーカスの隣に移動したマリウスが呆れた様子でうなずく。

二人の会話を耳にし、理世はハッとテオバルトを見上げた。

彼は真剣な表情で、理世を見下ろしている。

「お約束を、今、この場で果たしていただきたい」

無意識のうちに後ずさる。

テオバルトが彼女の目線と重なるように腰を折った。視線を逸(そ)らしても、テオバルトは理世を真っすぐに見つめ続けている。

「あなたの慕う者を、教えていただきたい。そうすれば、私もきっと力になれる。あなたの幸せのために、教えていただけないだろうか」

熱い視線が理世を貫く。理世は気を失いそうだった。

「誰を、どんな道を選んでもいい。アリサらしく生きればいい。私が常に、共にありましょう。あなたの生涯を支え続けましょう。あなたの行きたい道を進んでいい。どう転んでも、あなたを矢面に立たせるようなことは、決してしませんから」

テオバルトは、自分を裏切ったこんな小娘のために、律義にも約束を守ろうとしてくれている。溢れんばかりの愛で、理世の全てを包み込もうとしてくれている。でもそれは、彼が自分を異性として見ていないからこそ言えるのだと思うと、胸が痛む。

しかし、その前に確認しなければならないことがある。

理世は勢いよくルーカスを振り返った。ルーカスとマリウスは、部屋の隅で肩を寄せて何かを話している。理世の視線に気付いたルーカスへ声をかけた。

「どうした。いい加減まとまった頃か？」

「まとまったって何！」

「ここまでお膳立てしてやったというのにまだもたついておるとは……。二ヶ月を無駄にした理由がよくわかった。ある意味才能だな」

頭を抱えるルーカスに、理世は手帳を持って叫んだ。

「ルーカス殿下っ！　これっ！」

「もちろん全部読んである。そらんじることもできるぞ。私の世界には、アマノガワというものがあって、オリヒメリヨと、ヒコボシテオ――」

「わああもういい、もういい！　しゃらーーーっぷ！」

理世は大声でルーカスの言葉を遮った。恋に恋した時期に書いた文章なんて、三度焼いても足りないくらいに抹消したいものである。それを全て読まれている。しかもあの様子ではほとんどを暗記しているのだろう。

ということは、私がテオバルトの質問に嘘をついてもこの場でばれるのだ。理世は唇を噛んだ。

往生際の悪い理世を見て、テオバルトが詰め寄る。

「なんでも、とおっしゃいましたね」

テオバルトの強い視線に負けそうになる。胸に抱えた手帳を強く握った。

「それに、名が書かれているのですね？」

自分の行動のわかりやすさは棚に上げ、理世はさらに焦った。

「マリウスでもルーカス殿下でもないのであれば、セベリノですか？　それともディディエ？　まさか、オスカー？」

守り人の名を次々と口にする彼に、理世は冷や汗を流す。

これは、理世が城から持ち出すのを忘れた日記だった。失踪した理世の手がかりを掴むために、ルーカスは中身を確認したのだろう。

理世の下手な字で、旅の思い出がこれでもかというほど綴られていた。

そう、ここには。

テオバルトへの愛が、むき出しのまま、山のように積み重なっているのだ。

「あ、ああ……」

なんとかしなければ、何か言わなければと思うのに、言葉が出てこない。

「その手帳を渡してくれますか。それとも、慕う者の名を言いますか」

テオバルトの言葉に、理世は相変わらず顔を真っ赤にして口をぱくぱくさせている。

――名前、名前、名前。

誰か、当たり障りのない……だめだ、すぐに思い浮かぶ名前なんて、やっぱり守り人の六人しかいない。それに嘘をついたところで、ルーカスが聞いているからすぐにばれる。

「アリサ」

「……テレーズ」

掠れて震えた声が、静かな部屋に落ちる。テオバルトは驚いて理世を見つめた。一拍、二拍、三拍と、奇妙な沈黙が続く。

五拍を刻んだところで、真剣だったテオバルトの顔に、徐々に赤みが広がっていく。俯く理世は涙目で絨毯の模様の数を数え始めていた。

「お邪魔虫のようですよ」

「知らん。最後まで邪魔してやる。これまでの手間賃だ」

マリウスとルーカスの声が、理世の耳にかろうじて届く。

「私は、テレーズとしてあなたのそばにあった二ヶ月。とても幸せでした。あなたが私だけを望み、私だけを頼り、私だけに触れる。幸せすぎて、名を明かすことができなかった」

ひどい人。そんな甘く優しい言葉で、どこまで騎士道精神を、義務を押し通そうとするの。私のなけなしの勇気を、笑おうとするの。

もう、もう自惚れるのは嫌だ。

彼もきっと私のことが好きなんだと思うのは、甘い媚薬のようで、理世をすぐに気持ちよくさせた。だけど、それが違うとわかった時の、あのつらさ。逃げることしかできなくて、立ち向かう勇気なんて微塵もなかった。

もうあんなの、味わいたくない。

もしそうなってしまったら、テレーズもいない今度こそ、きっと完全につぶれてしまう。

「騎士を退いてでも、ルーカス殿下を返り討ちにしてでも」

「おい」

ツッコむルーカスを無視してテオバルトは続ける。

「あなたをお守りする心づもりがございます。今後一生、テオバルトに戻らずとも、よいと考えておりました」

理世は顔を上げた。滲んだ涙が、乾いていく。

テオバルトが、テレーズが、どれほど騎士という職業を大事にしているのか、理世はよく知っていた。

彼の一生を、彼の心や大事なものを投げ打ってまで。彼は、理世の心が自分にあると知らない時から、そばにいようとしてくれていたのだ。

「こ」

「こ?」

「子猿だって、言ったあ」

テオバルトは首をひねった。

「ええ、何度もそう申し上げましたが」

「子猿、だって、子猿って」

「何度もお伝えしたではありませんか。子猿みたいで、かわいい、と」

テオバルトは真剣に、理世の言っていることがわからないという顔をして告げた。

ひょっとして、という言葉が理世の頭に浮かんだ。

「……テオバルト。子犬と子猿、どっちがかわいい?」

「どちらも甲乙つけがたいと思いますが」

「じゃあ、子猫と子猿は」

「それも、同じく」

理世は深く沈黙した。

「女の子に子猿って、どうなんでしょうね」

「あやつの感覚を理解しようとするだけ無駄だ」

ひそひそと、マリウスとルーカスの話し声が聞こえ、テオバルトは目を見開いた。慌ててそちらを向いたテオバルトが、目線だけで尋ねる。そして「かわいい」と表現する自分の言葉がおかしかったと気付いたらしい。

「リ、アリサ――」

「テオバルトが言うかわいさの許容範囲は置いておくとして……。妹にしか見えない、って。ルーカス殿下と話してるの、聞いたもん。王様の命令だから、断れないって」

理世の言葉に、ルーカスが嘆息した。

「盗み聞きとは、まさに子猿の所業だな」

「盗み聞き……？」

身に覚えのないテオバルトはルーカスの言葉に眉をひそめ――硬直する。全容を思い出したテオバルトの体から一気に冷や汗が噴き出す。一つ大きく息を吸って、吐き出した。

「聞いていただけるでしょうか」

ここまできたら。理世はうなずいた。

「私はあなたを、十五歳ほどの少女だと思っておりました。これから愛を育んだとしても、幼すぎるあなたに懸想する柔軟さを、生憎私は持ち合わせておりませんでした」

理世は再びうなずいた。わかっていた話だったが、胸に痛みが突き刺さる。

「――ですがそれは、二ヶ月前の話です」

理世の手を、テオバルトがゆっくりと取った。

「泣きながらも、あなたは歩みを止めようとはしなかった。不躾な言葉を投げられても、あなたは決して笑みを絶やさなかった。そしてあなたは、私の前でだけ泣いた。――なぜ、愛さずにいられましょうか。これを愛しいと思わずに、一体何を愛しいと思うのでしょう」

顔を真っ赤にして理世が唇を震わせる。テオバルトはぎゅっと理世の手を握り締めた。

「リヨ」

テオバルトの声が、理世の首筋を撫でた。

「私だけが、あなたをリヨと呼びたい」

彼がテオバルトに戻って、おそらく初めて、二人はしっかりと目が合った。

「テレーズでも、テオバルトでもいい。あなたが望む、私でありましょう。今度の旅は、山でもいい。遠い異国の砂漠でも、妖精が舞うという湖でも。あなたが望むなら――」

理世は唇をきゅっと引き結んだ。見つめる視線の先にいる、この男の紡ぐ言葉を信じられなくて、信じたくて。震える足で、必死に踏ん張る。

部屋の隅で、ルーカスが唇を尖らせて「ひゅーひゅー」と言った。

この二ヶ月で理世が変わったように、テオバルトも大きく変わったのだろう。二人にとってこの二ヶ月は、七年にも匹敵するほど、大事な時間だった。

「愛しい婚約者と仲違いをしてしまっていた私をどうか、そばで明るく照らしてはくれませんか――私のかわいい、お姫様」

野次馬殿下が、やれやれと肩を叩きながら嬉しそうに笑う。天使マリウスは、一度だって見たことがないほど柔らかいほほ笑みを浮かべている。

ぐるりと周囲を見渡した後、理世は俯いた。

「もう……いい子のアリサじゃないんだよ」

「ええ、望むところです」

「返品はできないけど、それでもいいの!?」

理世の強がりに、テオバルトがほほ笑む。

「それも、望むところです」

唇を震わせる理世を見て、テオバルトが大きく腕を広げる。

彼の笑顔に誘われるように、理世はその胸に抱きついた。

ずっとこうしたかったのだ、本当はいつだって。

世界を救った姫巫女は――自分の幸せに、今、飛び込んだ。

番外編

幸せに暮らしましたとさ

「あんの、大馬鹿者がっ！」

男の憤怒（ふんぬ）の声に、報告した神官の体がびくりと揺れる。

場所は薄暗い半地下室。窓から差し込む光の中でホコリがキラキラと舞う。湿気を帯びた空気が、部屋にしまい込まれた大量の薬品の匂いをまとい、神官の呼吸を邪魔する。壁に沿うように並べられた本は、巨大な神殿を支える柱の代わりとなっていた。

男は眉間に指を当て、憤り（いきどお）を吐き出すようにして溜め（た）息をついた。こめかみに見える青筋に、神官の表情が強張る（こわば）。

「ど、どうすればよろしいでしょうか……」

「この件を、他言したか」

「いえ、受け取った足でこちらに参りましたので……」

神官は、手に持ったものを男へ差し出しながら、女神に願う。一秒でも早くこの場を立ち去ることができますようにと。幸い、その願いは、すぐに叶えられることとなった。

男は神官から荷物をひったくって告げる。

「君は今すぐ城へ行ってくれ。わかってると思うが――このことは、他言無用だ」

神官はひっと悲鳴を上げ、地上へ続く階段に向かって逃げるように走った。


「ドレス、もっとこっちの意向を聞いてもらえると思ってたんだけど」

「色は希望通りにしてやったじゃないか。花嫁が白なんて地味な色を着るとか、前代未聞だぞ」

抜けるほど高い空の下で、男女が親しげに話をしていた。

女の横に立つ男は、腰元に鋭く細い剣を帯いている。胸には、この国の王国騎士団の証である金の紋章。この世界を救った姫巫女の守り人である、人懐っこいほうの騎士、セベリノだった。

セベリノの隣で唇を尖らせているのが、この世界では隣に並ぶ者がいないほど高い位を持つ女。世界を救った姫巫女――在澤理世であった。

テレーズとの旅を終え、理世は城に戻ってきた。流されるまま姫巫女をしていた時とは、随分と表情も変わっている。ただなんとなくついてきて、皆に好かれる「いい子」を演じていた理世。しかし今は、できることもたくさん増え、そして自らの意志でこの場に立っている。それは、彼女にとって大きな自信となっていた。

王宮の一角にある庭園で和やかに談笑する二人。一見すると穏やかな休日のようだが、セベリノにとってこれは職務の範囲内だった。稀代の姫巫女様の護衛である。理世から見えない場所にも、さらに数名の護衛が配置されていた。

テオバルトとの婚姻が確定したが、正式にはまだ妻となってはいない。理世は城から「姫巫女」として彼の家に嫁ぐことになる。

そして理世は今、ドレスの打ち合せのために城を訪れていた。

「えー！　花嫁って言ったら白だし、白って言ったら花嫁ぐらいの認識ですけど!?　ヴェールだって引きずっちゃうし、バージンロードだって歩くからね！」

「バッ……おまっ、馬鹿っ！　女の子がそんなこと大声で言ったら駄目だろ！」

一瞬で顔を真っ赤に染めたセベリノが、理世の口を塞いだ。

「なんでよ！　いいじゃん、私だって結婚に夢ぐらい見たって！」

理世がセベリノに詰め寄る。彼は理世を静かにさせることを諦め、説得に切り替えた。

「あのな、そんなもんは、心配しなくてもテオバルトがちゃんと整えてくれるから」

な、と兄のように言うセベリノ。どうも話が噛み合わないと思った理世は、大きく首を傾げた。

だが、直後にその意味を理解し、真っ赤になる。こちらの世界にはきっと、バージンロードという言葉がないのだ。だから直訳された。処女の道、と。

「ななな、なに言って……！　テオバルトが、って、やっ、な、なっ！」

テオバルトに男を感じていても、それを兄のような存在であるセベリノに言及されるのは生々しくて、恥ずかしすぎる。

「ま、待て！　俺はお前が言ったからであって……！」

「セクハラ！　スケベ！」

「待て！　アリサ！　こら！」

理世は耳を塞いで手すりから離れた。廊下をぱたぱたと走る理世を捕まえようと、セベリノが彼女の肩を掴んだその時、城の中から人影が現れた。

「お話中、失礼いたします。神殿から、火急の使者が参っております」

右手を胸に、左手を背中に当て、衛兵が腰を曲げていた。その背後に、気の弱そうな神官が所在なさげにこちらを見ている。

理世とセベリノは同時にそちらを見ると、パチパチと瞬きをした。そして顔を見合わせる。

理世はパンパンと服をはたいて姿勢を正すと、すう、と息を吸った。背筋を伸ばし、顎を引いて顔を伏せる。清廉とした聖女のような風格をかもし出す理世を、セベリノが抱き上げた。子供を抱えるようなスタイルだが、これが姫巫女としての正式な「人の話を聞くポーズ」である。

理世は澄ました顔で目を伏せ、セベリノの横顔はキリリとしているが、二人とも、今さらである。しかし、神官は場の空気を読むほうらしく、見て見ぬふりをしてくれた。おほんと咳払いをして話し始める。

「ご拝謁の栄誉を賜り恐悦至極にございます。御前様におかれましては、今日も天の女神に負けぬお美しさで……」

世辞に始まり婚約の祝辞までを一息に述べる。しかし二人は何も言わず、澄ました顔のまま神官を見下ろしている。神官は観念したように本題に踏み切った。

「……大変恐縮ながら言付けを承っております」

セベリノが理世を見つめ、理世が小さくうなずいた。

「うかがいましょう」

守り人であるセベリノの低い声に、神官はますます肩をすくませる。

「実は……我が神殿きっての篤学の士、ナバスクエス殿より――」

ナバスクエス、その言葉で理世は傍目にもわかるほど体を硬直させた。セベリノがぎゅっと理世を抱く腕に力を込める。

「至急、神殿へお越しいただくように、と……」

どんどん頭が下がっていき、いつの間にか随分頭の位置が低くなった神官が理世にそう告げた。

「……オスカーは、なん、て」

理世は、自ら話しかけてはいけない決まりも忘れて口を開いた。オスカー・ナバスクエス。理世が七年にわたる浄化の旅の間、一番多く雷を落とされた「堅物学者」、その人である。

「……お」

「お」

ごくり。誰かが唾を呑み込む音がその場に響いた。神官の額は、もう地面につきそうなほど垂れ下がっている。

「大馬鹿者……と」

「わあああ!! すぐ行く、今行く、走っていくうう!!」

理世はセベリノの腕から飛び下りると、神官の横をすり抜けて走り出した。姫巫女の突然の暴挙に、騎士達が大慌てで追いかける。

「こら、アリサッ！ 待て！ 神殿はそっちじゃない!!」

セベリノの声に理世は急停止した。


「だから、少しはその小さな脳を働かせろと常々言っていただろう！」

そしてこの怒号である。

神殿の地下にあるオスカーの研究室で、理世は正座して激しく叱られていた。

「姫巫女様であらせられるあなた様には、市井(しせい)の事情など些末(さまつ)なものかもしれないがな。この世にはこの世の道理がある。大体、かねてより望んでいた婚姻も成立したというのに、いつまでもちょこまかと……セベリノ！ お前もだぞ」

「ええっ、俺!?」

理世の後ろで、我関せずという顔をして突っ立っていたセベリノにも、怒号が飛び火した。

ざまあみろ。理世がこっそりと舌を出す。

「お前達城側が、しっかりこの大馬鹿の手綱を握っておかぬから、こんなものが私の手元にくることになるんだっ！」

バシン！

オスカーが投げつけた何かが、理世の顔にぶち当たった。

衝撃で「へぶしっ！」と短い悲鳴を上げた後、理世はそれに触れた。

手触りのいい布のようだ。広げてみてすぐに、それが何であるのかわかった。

「……私の、服……」

ゆったりとしたひだを幾重にも重ねてあるその服は、小柄な理世が少しでも大きく見えるように配慮された、彼女専用のデザインであった。膨張色の淡いパステルカラーは、この世界の人間の肌には似合うのであろうが、理世にはあまり似合わなかった。肌という肌を、それこそ顔まで覆い隠していたため、特に問題ではなかったのだが。

「なぜ、姫巫女の服がここにあるのか――身に覚えがあるな」

地を這うように低いオスカーの声に、理世はピッと背筋を正した。大いにある。

二ケ月間、理世が遁走していたことをオスカーは知らない。神殿側には、偽姫巫女討伐のための調査だと伝えてあったからだ。

さらには、事情をほぼ全て把握しているセベリノにさえ伝えていなかったことがある。正確に言うのなら、伝えていなかったのではなく、伝えるのを忘れていた。

オスカーが突き出したこの服は、理世が城から出奔してすぐに、市井の服と交換した衣装だった。

「えっとぉ……」

ちらりと上目遣いで理世はオスカーを見た。オスカーは、背後に鬼の大群でも従えていそうなほどの眼力でこちらを睨んでいる。

「これを手にしていた街の洋裁店が、自分のところでは扱いに困るからと、他の店に換金を求めたらしい。その店は代々神殿とも親交があってな。――いやあ、助かった。服の裏にあるこの刺しゅうの意味を知っていた店主が、顔を真っ青にしてこちらまで持ち寄ってくださったのだ」

オスカーのねちっこい言葉を聞いて、大慌てで服を裏返した。王家と神殿のマークが二つ重なるように、金の糸で細やかに綴られている。この印を持つ者は、この世界にただ一人――浄化の姫巫女だけである。

「こここんなもの、いつの間に……」

冷や汗を流す理世を、オスカーがじろりと見つめる。

「この印は、最初に服を渡したときから刺してある」

理世は潔く黙った。

「さて、ここで浮かび上がる問題がわかるかな。そう、服は一人で出歩かないということだ」

目を逸らした途端、まるでそれを許さないというかのように、オスカーがダンッと足を踏み鳴らす。衝撃で数センチ、理世は正座のまま飛び上がった。

「だとすれば、これは一体どういうことか」

ドラマで、刑事に問い詰められた犯人はなぜ崖(がけ)に飛び込むのか。理世はその気持ちがわかった気がした。

「服が自然になくなったのでなければ、姫巫女であらせられるあなたの服を、誰かがひんむいた――ということになる。女人への無体はもちろんのこと……それが姫巫女ともなれば、重罪。お家断絶も視野に入れなければならー―」

「代金がなくって！　私が自分の意志で渡しました！」

理世は迷いなく土下座した。それが、雷神と化したオスカーのさらなる怒りを買った。

「天の女神の化身ともいわれる姫巫女が、その身にまとったものを、二束三文の金の足しに下げ渡すとは何事か‼」

理世とセベリノは手を取り合って震え上がる。

「ま、まぁ待てオスカー。な？」

すでに湯気が出そうなほど興奮しているオスカーを、セベリノがひきつった顔でなだめようとする。

「確かに、たしかーに。アリサが考えなしのぼんくらだった。マヌケだ大馬鹿だ。認めよう。な、アリサ」

こくこくこく。理世が高速で何度も首を振った。

「な、本人もこう言ってるし……」

オスカーがカッと目を強く開いた。理世は次に来る怒声に備えて、肩にぎゅっと力を入れる。

「アリサ。姫巫女の名がどれほどの意味を持つのか――今回の騒動で知ったのではなかったのか」

今回の騒動。オスカーが言ったのは、港町ゼニスで起きた偽姫巫女問題についてである。城が直々にお触れを出したため、もうほとんどの国民が知っている。ことの顛末を吟遊詩人に歌にさせ、紙に刷り、隅々にまで行き渡らせた。今後一切、姫巫女はその権威をひけらかしたり、基金を募ったりすることなどない、という美談と共に。吟遊詩人の素晴らしい技量により、事実よりも随分誇張されたのだが。

神殿側のオスカーも、もちろんそのことを把握していた。いや、守り人だからこそ、もっと正確に詳細を知っている。つまり、理世がどれだけ踏ん張ってことの解決に努めたか、わかっているのだ。

「……知りました」

「ならば、軽率な行動は避けるのが賢明ではないか」

鋭い視線が突き刺さる。理世は一度オスカーを見上げ、申し訳なさから再び床に視線を落とした。

「……すみませんでした」

「このままでは、この店は不当な手段を使ってこの服を手に入れたという、不名誉なレッテルを張られるだろう」

「えっ」

驚いて声を上げる理世に、オスカーは鼻を鳴らした。

「当たり前だ。人にも、物にも、そして店にも。相応というものがある」

この服と、あの店。不釣り合いなのは誰が見ても明白だった。親切にしてくれたおじさんとおばさんの笑顔を思い出し、理世は顔を曇らせた。

「そんな……」

「回避する方法はある」

勢いよく理世が顔を上げると、オスカーはこれ以上ないほどに不機嫌な表情で、眉間に皺を寄せていた。

「せめて三十通りは自分で思案してから人に意見を乞え」

「そりゃ無理だわー」

「うん、無理だわー」

セベリノに理世が続くと、オスカーはわなわなと口を震わせた。

「以前は考えなしではあったものの、まだ扱いやすかったというのに……」

「いい子のアリサ」を思い出しているオスカーを見て、理世がてへっと舌を出す。が、その血管が今にも破れそうなほど浮き上がっているのを見て、慌ててひっこめる。そして平伏した。

「天地神明を知る偉大なるオスカーよ、どうかこの愚かな姫巫女に策を授けたまえ」

姫巫女という名を出されてしまえば、オスカーは無下にはできなかった。守り人として、そして神殿に身を置くものとして、この名を軽んじるわけにはいかない。

「では姫巫女様――心して拙策をご清聴くださいますよう」

いつにないほほ笑みでオスカーにそう言われた理世は、冷や汗を流しながら「は、はい」と返事をした。

＊　＊　＊

一軒の洋裁店の前に、豪奢な馬車が止まった。活気ある城下町の、ごく普通の店。並ぶ商品のほとんどが既製品、それも何度も売り買いされた中古品であるこの店に、その馬車はおよそ似つかわしくない。人々は興味津々で目を向けた。

馬の足は太く、長くて色つやのよい毛並みも、品格の違いを見せつけている。

扉を、御者が神妙に開く。中からまず出てきたのは、すらりとした体躯に精悍な顔つきをした美丈夫だった。王国騎士団の服を身にまとっており、慣れた足取りで馬車を降りる。人々の奇異の視線をものともせず、中に座る人物に向かって手を伸ばした。

彼の手に、細く小さな指が乗った。白い手袋に包まれたその手を彼が握り、ぐんと引く。次の瞬間には、白い手の持ち主を、腕の上に抱きかかえていた。

人々がほとんど悲鳴に近い歓声を上げた。その姿は、あまりにも有名だった。厚いヴェールに包まれた神秘の乙女――〝浄化の姫巫女〟である。先日、偽者が出たばかりで、記憶に新しい。このような庶民向けの店に、一体なんの用があるというのか。人々はよりいっそう興味を引かれ、仕事の手を止めて見つめていた。

姫巫女を抱えた守り人（もりびと）――セベリノが、洋裁店に足を踏み入れた。店の前で起きていた珍事に目を白黒させていた店主が、腰を抜かす。

表の騒ぎに気付いたのか、店の奥から店主の妻が出てきた。そして店の前の人だかりと、へたり込んだ夫――さらには、あまりにも自分達の店には不相応な御仁（ごじん）に、たらりと冷（ひ）や汗をかいた。

「い、いらっしゃいませ……」

かろうじて夫人が絞（しぼ）り出したのは、そんな言葉だった。それを聞いたセベリノが、にかっと笑った。

「いい店だな。掃除が行き届いていて清潔だし、商品も丁寧に扱ってる。店主と夫人の人柄が伝わってくるようだ」

場の雰囲気が、ぱっと明るくなる。外で見ていた人々の中には、顔見知りの店主達が叱責（しっせき）を受けたのではないと知り、ほっと息を吐く者も少なくなかった。

「お褒めに預かり、ありがたいこってす。あの……本日は、どんなご用件で？」

腰を抜かしたままの夫に手を貸しながら、夫人が聞いた。

セベリノは腕の中にいる姫巫女を見つめる。視線が交わると、二人は大きくうなずき合った。

セベリノの腕から、姫巫女が慎重に下ろされる。裾は引きずるほど長かったが、地面に立った姫巫女は随分と小柄だった。真珠をちりばめたような光沢ある布は、この店の商品を全てかき集めてようやく買えるかどうかという代物だ。この店を経営して初めて訪れるような珍客を、店主も夫人も固唾を呑んで見守っている。

「――先日は」

小さな体から、か細い声が発せられる。

「偽姫巫女討伐にご協力いただきまして、誠に感謝しております――……」

店主と夫人にとって天上人である姫巫女はそう言うと、軽く膝を折った。二人は慌てて、その姿が目に入らないように地面に平れ伏す。

「な、なんのことだか、私らにはさっぱりで……こんなところで、あなた様のようなお方が、膝を折られていいはずがございません……」

夫人は震える声で、懇願するように言った。そしてこんな機会は、もう二度とないだろうと、ごくりと生唾を呑み込む。

「私らこそ、あなた様には感謝してるんです。うちは貧しい田舎の村の出身で、母はもう七十にもなろうっていうのに、まだ畑仕事に精を出してます。けど、年々作物が育たなくなっていって……とうとう、私の親指くらいの大きさのものしか、収穫できなくなってました。それが、姫巫女様が世界を巡回してくださってから、翌年には拳くらいの大きさに。その翌年には、昔みたいに大きな作物ができ始めて……私達は、本当にあなた様になんと言っていいかわからないほど……」

言い切った夫人が、恐る恐る顔を上げる。許しももらわず発言を続けるのは失礼に当たると、田舎生まれの彼女でも知っていたからだ。

ポタリ、と何かが降ってきた。驚いた夫人は目を見張った。その出どころをたどると、姫巫女の顔を覆い隠す、厚いヴェールの中からだと気付く。

「う、うう……」

ポトリ、ポトリと、土を敷いて固めただけの床に染みが広がってゆく。

「おばちゃん……」

蚊の鳴くような声が聞こえた。あまりにも庶民じみた言葉に、思わずまじまじと姫巫女の顔を見つめてしまう。

「姫巫女様」

セベリノの声で、姫巫女はハッとし、丸まっていた背筋を伸ばした。嗚咽をこらえた様子で、努めて毅然とした態度を装って口を開く。

「以前、人目を忍んで訪れた際、私は求める品の対価を持ち合わせておりませんでした。その折に、あなた達は真に心の美しい対応をしてくださったのです。こちらに見覚えはありませんか」

セベリノに手渡された風呂敷を、姫巫女は夫人に手渡した。茫然としていた主人も慌てて覗き込み、それを開くと、二枚の服が収められていた。きれいにアイロンをかけられ、優しい香りを放つ品に見覚えがあった。三ヶ月ほど前、今にも泣き出しそうなほど凹んでいた、小柄な女の子に関係のあるものだった。

「……まさか、あの時の」

品があり、どこかの訳ありの家出娘だと思った。それがまさか——世界を救った姫巫女である などと、どうして気付けるだろうか。

二人は悲鳴を呑み込んで、再び平伏しようとした。それを姫巫女が制止する。

「当時のことを、私は本当に感謝しております。この店のお二方に。そして、私を温かく見守って くださった、この地域の方々に」

店の外に集まっている人達にも伝わるように、姫巫女は大きな声でそう言った。自らを覆う布地 を指でつまみ、優雅に膝を折る。

「どうか、皆々様を、いつまでも温かい太陽が見守ってくださいますよう」

こうして、洋裁店の面目は保たれた。

唖然としたまま何度も頭を下げることしかできない夫妻に、セベリノが勲章を渡した。急きょ作 られたそれには、「姫巫女の友」という言葉が刻まれている。今まで世話になった人々に、これか ら順次配られていく手はずとなっている。

これといった効力はないが、それでも一目置かれる存在となることだろう。姫巫女とセベリノは 洋裁店を後にして、馬車へ再び乗り込んだ。

分厚いヴェールを脱ぎ、大きく息を吐く。姫巫女から理世に戻った少女が馬車のソファにしなだれた。

「これでよかったのかなあ」

「上出来だったよ」

セベリノ以外の声が聞こえ、理世は驚いて飛び起きた。

「ディディエ!?」

「お前なぁ、来るなら来るで、ちゃんとついて来いよ。守り人一人より、二人のほうが格好もついただろうに」

理世とセベリノが言葉をかけた人物は、くすりと笑うと手に持っていたリュートの弦を撫でた。

ビロロン、と小さく優しい音がする。

「ごめんね。ついて行こうと思ってたんだけど、少し立て込んでて」

「いいんだよ、ディディエ。顔を見せてくれただけでも嬉しい」

テオバルト、ルーカス、マリウス、セベリノ、オスカー。そして守り人の最後の一人が、吟遊詩人であるディディエだった。

「君の無事の帰還も祝えずにすまなかったね」

「私のせいであちこち渡り歩かなきゃいけなかったのに……謝るのはこっちのほうだよ」

苦笑するディディエに、理世は眉を下げてそう言った。偽姫巫女の歌を、彼以外の吟遊詩人が歌っても意味がない。誰よりも正確に、その歌が真実であると伝わりやすい人物が求められた。そしてそれは、当たり前のように、姫巫女の守り人でもあった〝初音のディディエ〟に任せられることとなる。

「要所要所で歌ってきたよ。お触れも出たことだし、きっともう大丈夫だろう。お疲れだったね、アリサ」

ディディエの長い髪がサラリと肩に流れる。理世の頬を包む手は、楽器を嗜むせいで皮が厚く、節くれ立っている。

「んで、城でも神殿でもなく、こっちに寄った理由は」

セベリノがにやりと笑うと、ディディエは苦笑した。

「意地悪だなぁ」

理世は、不思議そうな表情で首を傾げる。

「どういうこと？」

ディディエは困り顔のまま、笑みを浮かべる。

「……僕はこのまま旅に出るよ」

突然の別れの言葉に、理世が固まった。

「僕は、神殿に雇われていたんだ。そして世界を浄化し終えたら、それで終わりのはずだったんだけど……次は凱旋まで、次は君の結婚式まで――その次はきっと、君に子供が生まれるまで、になるだろう」

押しつけられると、懇願(こんがん)されると、嫌だと言えないディディエは、常々「吟遊詩人(ぎんゆうしじん)らしくない」と守り人(もりびと)達に言われていた。彼らは自由を愛する。滅亡から世界を救う少女のそばに寄り添い、歌を作ることはとても有意義な時間であったが――同時に窮屈(きゅうくつ)にも感じていたらしい。

「神殿や城にばれると、きっとまた引き止められるだろう。だから僕は、ここでドロンといこうと思ってる」

ディディエの指が優しく弦を撫(な)でた。小さな音で紡がれるのは、彼が理世に教えてくれた曲。感謝と喜びを伝える、希望に満ちた歌。

そして次に紡いだのは、理世の故郷の曲――彼女がいくつもディディエに歌って聞かせた、日本の童謡だった。

「ディディエ……」

理世の潤(うる)んだ瞳を見て、ディディエはとっさに顔を背ける。

別れを悲しむ姫巫女の涙に打ち勝つ歌を、ディディエは持っていない。

「アリサ、やめてやれよ。吟遊詩人(ぎんゆうしじん)は鳥だ。籠(かご)の中じゃ羽ばたけない」

理世が口を開く前に、セベリノが理世を制した。理世はぐっと拳(こぶし)を握り締める。

「……ディディエ」

もう一度名前を呼んだ。しかし、それが「行かないで」という響きではないことに、吟遊詩人(ぎんゆうしじん)であるディディエは気付いた。

「君の花嫁姿は、必ず見に行くと約束しよう。寂しくなったら空を見上げてごらん。鳥はどんな空にも飛んでいる。遠い地で、僕は君の幸せを歌おう」

別れの言葉に、理世は涙をこらえ切れなかった。けれど、それを見せてはいけないということはわかっていた。理世は俯(うつむ)き、必死に呼吸を整える。握り締めた手を、ディディエがそっと包み込む。

「……また、会えるよね」

「君が幸せな時、悲しい時、いつでも僕の歌がそばにあるだろう」

理世がぎゅっとディディエの手を握った。その答えでは、この手を離さないという風に。

「永遠に羽ばたき続けてはいられない。羽休めするための枝を、整えておいてくれるかい？」

理世は顔を上げた。涙がとめどなく溢(あふ)れるけど、気にしている余裕はない。ぶんぶんと、首を縦に振った。

「必ず、笑ってるから。楽しくて、賑(にぎ)やかで。ディディエが歌を作りたくなるような環境を作って待ってる。ディディエに習った歌も、練習しとく。だから、絶対また、会いに来て」

ディディエは笑う。理世も笑った。「苦労性の吟遊詩人(ぎんゆうしじん)」と、理世が称した通りの、人のいい笑顔だった。

「もうすぐ城についてしまう。僕はそろそろお暇(いとま)しよう」

そう言ってリュートを背負うと、ディディエは窓枠に手をかけた。彼の長い髪が風に揺れる。驚いて腰を上げた理世を、ディディエは一度だけ振り返る。

「千の音も、万の言葉も、君の笑顔にはかなわない。世界を救った姫巫女よ――あなたの歩む道を、明るい星々が照らし続けることを願うよ」

そう言うと、ディディエはぴょんと馬車から飛び降りた。驚いた理世が慌てて窓から顔を出した時にはもう、雑踏に紛れ、どこにいるのかわからなくなっていた。

そのまま窓から外を眺め続ける理世を、セベリノが引き戻した。数ヶ月後の結婚式で顔のお披露目があるものの、今はまだ露出を控えるべき浄化の姫巫女であるからだ。

「大丈夫、またすぐ会えるって」

「本当？」

心配そうに尋ねる理世に、セベリノは八重歯を見せて笑った。

「あんな格好つけてたけどな。子供でも生まれりゃ、我慢しきれずにふらっと立ち寄るだろ。さっさと子供こさえて、皆を安心させてやるこったな――いてっ、ちょ、アリサ！　やめろって！」

狭い馬車の中で、理世がセベリノを叩く音が響いた。そのうちに、馬車は城へとたどり着く。それに気付かず中で取っ組み合いをしていた二人は、テオバルトにこってりしぼられることになる。

＊　＊　＊

風が吹く。草が波のように踊る。青い空はどこまでも広がっていた。

小高い丘の上で、一人の老人が、小さな子供達に囲まれていた。老人は村々を行き来する旅人で、この集落の者ではない。しかし、人々は何の抵抗もなく彼を受け入れた。

楽器一つを抱え、西へ東へと飛び回る者は吟遊詩人と呼ばれる。その豊富な歌は、旅から旅へ渡り歩く間に増えていく。

「それで、世界を救った姫巫女は、どうなったの？」

うん、と年老いた男はリュートの弦を撫でた。柔らかい音は、このあたりではついぞ聞いたことのない、異国の音楽を紡ぎ出す。いいや、それはきっと、どの国の人間であっても耳に慣れた音ではなかっただろう。それは、世界を救った姫巫女が生まれ育った、遠い異世界の音楽だったからだ。

当時の奇跡を知る者は、年々少なくなっている。じきに、姫巫女は伝説となり、その存在はまことしやかに囁かれることとなるだろう。

彼は体が動かなくなる最後の一歩まで、旅を続けるつもりだった。

彼女の偉業を、彼女の存在を、彼女が救ったこの世界に刻むため。

「ふふふ……物語の幕切れは、こうと相場が決まっておる」

老人は枯れ枝のような指で弦を弾いた。弦を震わせるたびに、当時の仲間達の顔がよみがえる。溢れんばかりの笑顔を思い浮かべ、ほほ笑んだ。

「世界を救った姫巫女は、愛する騎士と大切な仲間達に囲まれ……いつまでも、いついつまでも……幸せに暮らしましたとさ」

新＊感＊覚ファンタジー！

Regina レジーナブックス

**異色の
RPG風ファンタジー**

異世界で『黒の癒し手』って呼ばれています１～５

ふじま美耶
イラスト：１～４巻　vient
５巻　飴シロ

突然異世界トリップしてしまった私。気づけば見知らぬ原っぱにいたけれど、ステイタス画面は見えるし、魔法も使えるしで、まるでＲＰＧ!?　そこで私はゲームの知識を駆使して魔法世界にちゃっかり順応。異世界人を治療して、「黒の癒し手」と呼ばれるように。ゲームの知識で魔法世界を生き抜く異色のファンタジー！

詳しくは公式サイトにてご確認ください。
http://www.regina-books.com/

携帯サイトはこちらから！ 

RC
Regina
COMICS
アルファポリスWebサイトにて
好評連載中！
好評
発売中
！
天井裏から
どうぞ
よろしく
1
Hinata Kuru
原作 くるひなた
Eriko Kato
漫画 加藤絵理子
待望のコミカライズ！
とある帝国の皇帝執務室の天井裏には、様々な国から来た密偵達が潜み——わきあいあいと、実に平和的に皇帝陛下を監視していた。そんな中、新たな任務を命じられ、祖国に帰ることになった密偵少女。だが国で彼女を待っていたのは、何と皇帝陛下だった！　しかも彼は、何故か少女を皇妃にすると言い出して——!?
＊B6判　＊定価：本体680円＋税
＊ISBN978-4-434-20930-7
シリーズ累計
5万部突破！
アルファポリス 漫画
検索

六つ花えいこ（むつはな えいこ）
九州在住。2013年頃よりWEB小説を投稿しはじめる。2015年、『泣き虫ポチ』にて出版デビュー。文、絵、手芸、小物づくりなど、手広く緩く満喫中。

イラスト：ふーみ

本書は、「小説家になろう」（http://syosetu.com/）に掲載されていたものを、
改稿・加筆・改題のうえ書籍化したものです。

世界を救った姫巫女は（せかいをすくったひめみこは）

六つ花えいこ（むつはな えいこ）

2015年 11月5日初版発行

編集－北川佑佳・宮田可南子
編集長－塙綾子
発行者－梶本雄介
発行所－株式会社アルファポリス
〒150-6005東京都渋谷区恵比寿4-20-3恵比寿ｶﾞｰﾃﾞﾝﾌﾟﾚｲｽﾀﾜｰ5階
TEL 03-6277-1601（営業） 03-6277-1602（編集）
URL http://www.alphapolis.co.jp/
発売元－株式会社星雲社
〒112-0012東京都文京区大塚3-21-10
TEL 03-3947-1021
装丁・本文イラスト－ふーみ
装丁デザイン－ansyyqdesign
印刷－中央精版印刷株式会社

価格はカバーに表示されてあります。
落丁乱丁の場合はアルファポリスまでご連絡ください。
送料は小社負担でお取り替えします。

ISBN978-4-434-21215-4 C0093